UNA NOCHE MÁGICA

UNA NOCHE MÁGICA

Lisa Kleypas

Traducción de Ana Isabel Domínguez Palomo
y María del Mar Rodríguez Barrena

VERGARA
GRUPO ZETA

Barcelona•Bogotá•Buenos Aires•Caracas•Madrid•México D.F.•Miami•Montevideo•Santiago de Chile

Título original: *Christmas Eve at Friday Harbor*
Traducción: Ana Isabel Domínguez Palomo y María del Mar Rodríguez Barrena
1.ª edición: noviembre 2011

© 1995 by Lisa Kleypas
© Ediciones B, S. A., 2011
  para el sello Vergara
  Consell de Cent, 425-427 - 08009 Barcelona (España)
  www.edicionesb.com

Printed in Spain
ISBN: 978-84-666-4827-1
Depósito legal: B. 31.069-2011

Impreso por LIBERDÚPLEX, S.L.U.
Ctra. BV 2249 Km 7,4 Polígono Torrentfondo
08791 - Sant Llorenç d'Hortons (Barcelona)

Para Ireta y Harrell Ellis
Por enseñarme lo que es el amor
Y por vivirlo todos los días.
Os querré siempre

L.K.

Prólogo

Querido Papá Noel:
Este año sólo quiero una cosa
Una mamá
Por favor no te olvides de que ahora vivo en Friday Harbor.
gracias
te quiere

HOLLY

1

Hasta la muerte de su hermana Victoria, Mark Nolan había tratado a Holly, su sobrina, con el cariñoso desapego de un tío soltero. La había visto en las reuniones familiares durante las vacaciones y siempre se había acordado de comprarle algo por su cumpleaños y por Navidad. Normalmente, tarjetas de felicitación. En eso había consistido su relación con Holly, y había sido más que suficiente.

Sin embargo, todo cambió una lluviosa noche de abril en Seattle, cuando Victoria murió en un accidente de tráfico en la I-5. Dado que su hermana nunca había mencionado un testamento ni los planes que había hecho para el futuro de Holly, Mark no tenía ni idea de lo que le pasaría a su sobrina de seis años. El padre estaba desaparecido del mapa. Victoria nunca había revelado su identidad, ni siquiera a sus amigas íntimas. Mark estaba casi seguro de que su hermana no le había hablado al padre de la existencia de la niña.

Cuando Victoria se mudó a Seattle, se unió a un grupo bohemio, formado por músicos y otro tipo de artistas. Como resultado, mantuvo una sucesión de relaciones muy cortas que le proporcionaron toda la juerga creativa que ansiaba. Sin embargo, al final tuvo que admitir que el afán por realizarse como persona debía estar respaldado por un sueldo fijo. De modo que hizo una entrevista en una empresa de software y consiguió un puesto en recursos humanos, con un sueldo decente y unos beneficios sociales increíbles. Por desgracia, fue más o menos cuando descubrió que estaba embarazada.

—Es mejor para todos que el padre no se involucre —le dijo a Mark cuando le preguntó de quién se trataba.

—Necesitas que alguien te ayude —protestó él—. Qué menos que ese tío se haga cargo de su responsabilidad económica. Tener un hijo no es barato.

—Me las puedo apañar sola.

—Vicky... ser madre soltera no es moco de pavo.

—La idea de ser padre, de la manera que sea, te acojona —replicó Victoria—. Algo totalmente comprensible dada nuestra infancia. Pero quiero a este bebé. Y lo haré bien.

Y lo había hecho. Victoria resultó ser una madre responsable, paciente y cariñosa con su única hija, atenta sin caer en la sobreprotección. Sólo Dios sabía de dónde había sacado sus habilidades maternales. Seguro que eran instintivas, porque desde luego no las había aprendido de sus padres.

Mark sabía sin lugar a dudas que él carecía de instinto paternal. Razón por la que se llevó un susto de muerte al enterarse no sólo de que había perdido a su hermana, sino de que también había adquirido una niña.

Que lo nombraran tutor legal de Holly fue algo que no había previsto. Se sabía un hombre capaz de hacer muchas cosas y sabía que podía apañárselas en los imprevistos, pero de ahí a verse obligado a criar una niña... Eran palabras mayores.

Si Holly fuera un niño, habría podido hacer algo. No era tan difícil entender a los niños. El sexo femenino, en cambio, era un misterio. Hacía mucho tiempo que había aceptado que las mujeres eran complicadas. Decían cosas como: «Si no lo sabes, no pienso decírtelo.» Nunca pedían postre, y cuando pedían opinión sobre la ropa que ponerse, al final siempre elegían lo contrario de lo que se les sugería. Aun así, sin entenderlas, las adoraba. Le encantaba su carácter esquivo, su capacidad para sorprender, sus fascinantes cambios de humor.

Pero tener que criar a una... ¡Por Dios, no! Había demasiado en juego. Era imposible que él sirviera de ejemplo. Y guiar a una hija por el traicionero laberinto de una sociedad plagada de agujeros negros... No estaba preparado para hacerlo, ni muchísimo menos.

Mark y sus hermanos fueron criados por unos padres que veían el matrimonio como un campo de batalla y a sus hijos como peones para usar a su antojo.

Como resultado, los tres hermanos Nolan (Mark, Sam y Alex) estuvieron encantados de tomar cada cual su camino cuando alcanzaron la mayoría de edad. Victoria, en cambio, siempre había anhelado esa clase de relación que su familia nunca fue capaz de mantener. La encontró por fin con Holly, cosa que hizo que se sintiera muy afortunada.

Sin embargo, un volantazo mal dado, un charco en la carretera, una breve pérdida de control... y la vida que le quedaba a Victoria Nolan se redujo cruelmente a nada.

Victoria había dejado una carta sellada, dirigida a Mark, en una carpeta, junto al testamento.

Eres la única alternativa. Holly no ha visto ni a Sam ni a Alex en la vida. Escribo esta carta con la esperanza de que nunca tengas que leerla, pero si ése es el caso... cuida de mi hija, Mark. Ayúdala. Te necesita.

Sé lo abrumadora que debe parecerte esta responsabilidad. Lo siento. Sé que no te lo esperabas. Pero puedes hacerlo. Encontrarás la manera de salir adelante.

Sólo tienes que quererla. El resto vendrá rodado.

—¿Vas a hacerte cargo de ella de verdad? —le preguntó Sam el día del funeral, después de que se reunieran en casa de Victoria.

Le resultó muy raro verlo todo tal como ella lo había dejado: los libros en la estantería, un par de zapatos arrinconados de cualquier manera en el interior del armario, el brillo de labios en el lavabo...

—Claro que voy a hacerme cargo de ella —contestó—. ¿Qué voy a hacer si no?

—Siempre queda Alex. Está casado. ¿Por qué no les ha dejado la niña a Darcy y a él?

Mark lo miró con gesto elocuente. El matrimonio de su hermano menor era como un ordenador minado de virus: no se podía encender en modo a prueba de fallos y se ejecutaban programas aparentemente inocuos pero que en realidad llevaban a cabo toda clase de tareas perniciosas.

—¿Dejarías un hijo tuyo a su cargo? —le preguntó a su vez.

Sam negó muy despacio con la cabeza.

—Supongo que no.

—Pues Holly sólo nos tiene a nosotros dos.

Sam lo miró con recelo.

—A quien han fichado para esto es a ti, no a mí. Hay un motivo por el que Vicky no me nombró tutor legal de su hija. No se me dan bien los niños.

—De todas formas eres el tío de Holly.

—Tú lo has dicho, su tío. Mi responsabilidad se limita a hacer chistes escatológicos y a beber demasiada cerveza en las barbacoas familiares. No soy muy paternal que digamos.

—Ni yo —confesó Mark con seriedad—. Pero tenemos que intentarlo. A menos que quieras renunciar a la custodia y dejarla en un hogar de acogida.

Sam frunció el ceño y se frotó la cara con las manos.

—¿Qué dice Shelby de todo esto?

Mark meneó la cabeza al escuchar el nombre de su novia, una decoradora de interiores a quien conoció mientras decoraba la lujosa residencia que uno de sus amigos tenía en Griffin Bay.

—Sólo llevamos saliendo un par de meses. O acepta la situación o ya se puede ir largando, es cosa suya. Pero no voy a pedirle ayuda. Es responsabilidad mía. Y tuya.

—A lo mejor puedo quedarme con ella de vez en cuando. Pero no puedo ayudarte mucho, he invertido todo lo que tenía en el viñedo.

—Justo lo que te dije que no hicieras, genio.

Sam entrecerró los ojos, que eran del mismo azul intenso que los de su hermano.

—Si te hiciera caso, cometería tus errores, no los míos. —Hubo un breve silencio—. ¿Dónde guardaba Vicky la bebida?

—En la despensa. —Mark se acercó a un armarito, cogió dos vasos y los llenó de hielo.

Sam rebuscó en la despensa.

—Se me hace raro agenciarnos sus bebidas cuando ella... ya no está.

—Sería la primera en decirnos que no nos cortáramos.

—Seguramente tienes razón. —Sam regresó a la mesa con una botella de whisky—. ¿Tenía seguro de vida?

Mark meneó la cabeza.

—Dejó de pagar las cuotas.

Sam lo miró con cierta preocupación.

—Supongo que vas a poner la casa en venta.

—Sí. Aunque dudo de que saquemos mucho tal como está el mercado. —Le pasó un vaso—. Llénalo bien.

—Estoy en ello. —Sam no levantó la botella hasta que los vasos estuvieron bien llenos.

Se sentaron de nuevo el uno frente al otro, hicieron un silencioso brindis y bebieron. Era un buen whisky que Mark se tragó con facilidad y que le provocó un agradable calorcillo en el pecho.

La presencia de su hermano lo reconfortaba de un modo inesperado. Parecía que su tormentosa infancia (las peleas y las pequeñas traiciones) ya no se interpondrían en su camino. Eran adultos, con una amistad en potencia que no fue posible mientras sus padres estuvieron vivos.

Con Alex, en cambio, era imposible acercarse lo suficiente como para apreciarlo o para odiarlo. Su mujer, Darcy, y él habían asistido al funeral, se habían pasado después por la casa y se habían quedado unos quince minutos, y luego se habían marchado sin apenas dirigirle la palabra a nadie.

—¿Ya se han ido? —había preguntado Mark, sin dar crédito, al descubrir su ausencia.

—Si querías que se quedaran más tiempo —fue la respuesta de Sam—, haber celebrado el funeral en Nordstrom.

Era normal que la gente se preguntara por qué tenían tan poca relación entre ellos si residían en una isla de poco más de siete mil habitantes. Alex vivía con Darcy en Roche Harbor, en la zona norte. Cuando no estaba ocupado con su constructora, asistía con su mujer a eventos sociales en Seattle. Mark, en cambio, se mantenía ocupado con la torrefactora de café que había montado en Friday Harbor. Y Sam, que no salía de su viñedo, cuidando y mimando sus viñas, se sentía más unido a la Naturaleza que a las personas.

Lo único que tenían en común era su amor por la isla de San Juan. Formaba parte de un archipiélago compuesto por unas doscientas islas, algunas de ellas rodeadas por los condados de Whatcom y Skagit, pertenecientes al estado de Washington. Los Nolan habían pasado la infancia a los pies de Olympic Mountains, un lugar a salvo en su mayor parte del clima tan gris que predominaba en el resto de la costa Noroeste del Pacífico.

Los Nolan habían crecido respirando el aire húmedo del océano, con los pies descalzos llenos del lodo de los bajíos. Habían disfrutado de mañanas perfumadas por la lavanda húmeda, de días despejados y secos, y de los atardeceres más hermosos de toda la Tierra. Nada podía compararse a una agachadiza sorteando las olas. O a un águila de cabeza blanca lanzándose en picado en pos de su presa. O al baile de las orcas, con sus escurridizas figuras saltando, respirando o surcando el mar de Salish mientras daban buena cuenta de la profusión de salmones.

Los hermanos habían recorrido cada centímetro de la isla, subiendo y bajando colinas azotadas por el viento junto a la costa, atravesando los sombríos bosques y cruzando prados cuajados de hierba forrajera y flores salvajes de sugerentes e intensos colores que iban desde el marrón chocolate, pasando por el rosa más exuberante hasta acabar en el blanco luminoso. Era imposible encontrar una mezcla de agua, tierra y cielo más proporcionada y perfecta.

Aunque habían ido a la universidad y habían intentado vivir en otras partes, la isla siempre los había instado a regresar. Incluso Alex, con su ambición y su avaricia, había regresado. Era un estilo de vida natural, ya que se conocía a los agricultores que cultivaban los productos frescos que se consumían; al fabricante del jabón con el que uno se lavaba; e incluso se tuteaba a los dueños de los restaurantes donde se comía. Se podía hacer autoestop sin peligro, ya que los amables isleños se ayudaban los unos a los otros siempre que hiciera falta.

Victoria era la única de la familia que había encontrado algo por lo que mereciera la pena abandonar la isla. Se había enamorado de las montañas de cristal y de los valles de cemento de Seattle, del ambiente cultureta y urbano, de la sutil elegancia de los restaurantes que seducían las papilas gustativas y del laberinto sensorial que era el mercado de Pike Place.

En respuesta a un comentario de Sam con el que se quejó de que la gente hablaba y pensaba demasiado en la ciudad, Victoria le soltó que Seattle la hacía más lista.

—No necesito ser más listo —replicó Sam—. Cuanto más listo eres, más motivos tienes para ser un desgraciado.

—Eso explica por qué los Nolan estamos siempre de tan buen humor —le dijo Mark a Victoria, arrancándole una carcajada.

—Alex no —comentó ella, cuando dejó de reírse al cabo de un momento—. No creo que Alex haya sido feliz un solo día de su vida.

—Alex no quiere ser feliz —replicó Mark—. Se conforma con los sucedáneos de la felicidad.

Mark abandonó los recuerdos y regresó al presente, preguntándose qué diría Victoria si supiera que pensaba criar a Holly en la isla de San Juan. No se había dado cuenta de que había hecho la pregunta en voz alta hasta que Sam le contestó.

—¿Crees que se habría sorprendido? Vicky sabía que nunca te irías de la isla. Tu negocio, tu casa y tus amigos están allí. Estoy seguro de que sabía que te llevarías a Holly a Friday Harbor si a ella le sucedía algo.

Mark asintió con la cabeza, aunque se sentía vacío

y desolado. No quería reflexionar mucho sobre la magnitud de la pérdida que había sufrido la niña.

—¿Ha dicho algo hoy? —preguntó Sam—. No la he escuchado decir ni pío.

Desde que le dijeron que su madre había muerto, Holly había estado en silencio y sólo respondía a las preguntas que le hacían moviendo la cabeza. Tenía una expresión distante y desconcertada, como si se hubiera refugiado en un mundo interior donde nadie podía entrar. La noche que Victoria murió, Mark fue directo a casa de su hermana después de abandonar el hospital. Holly estaba al cuidado de una canguro. Le dio la mala noticia a la pequeña por la mañana y desde entonces apenas se había movido de su lado.

—Nada —contestó Mark—. Si mañana no empieza a hablar, la llevaré al pediatra. —Soltó un suspiro entrecortado antes de añadir—: Ni siquiera sé quién es su médico.

—Hay una lista en la puerta del frigorífico —dijo Sam—. Tiene varios números, incluido el del médico de Holly. Supongo que Vicky la hizo para la canguro, por si se presentaba una emergencia.

Mark se acercó al frigorífico, quitó la nota que había pegada y se la guardó en la cartera.

—Genial —replicó con sorna—. Ahora sé tanto como la canguro.

—Por algo se empieza.

Tras regresar a la mesa, Mark le dio un largo trago al whisky.

—Por cierto, quería comentarte una cosa. No podré vivir en mi apartamento de Friday Harbor con Holly. Sólo tiene un dormitorio y no tiene patio para jugar.

—¿Vas a venderlo?

—A lo mejor lo alquilo.

—¿Y adónde te irás?

Mark hizo una pausa deliberada.

—Tú tienes espacio de sobra.

Sam puso los ojos como platos.

—No, de eso nada.

Dos años antes Sam había comprado una propiedad de seis hectáreas buscando hacer realidad su añorado sueño de montar su propio viñedo. La propiedad, con su suelo pedregoso y permeable, y su clima fresco, era perfecta para un viñedo. Además de la tierra, había comprado una enorme casa de estilo victoriano medio derruida, que contaba con un porche, con varios miradores, con una gran torre en una de las esquinas y con tejas planas de distintos colores.

«Para reformar» era un término que se quedaba corto referido a la casa, que crujía por todos lados, tenía el suelo desnivelado, goteras en los lugares más insólitos y charcos sin origen aparente. Los antiguos residentes habían dejado su huella, ya que habían instalado cuartos de baño donde no estaba previsto; habían levantado tabiques de madera muy endebles; habían instalado estrechos armarios empotrados con puertas correderas y, además, habían estropeado unas estanterías de cerezo y las molduras pintándolas con pintura blanca barata. Habían cubierto el parquet original con placas de linóleo y en otras zonas con una moqueta tan gruesa que era posible hacer ángeles en ella como si fuera un manto de nieve.

Sin embargo, la casa tenía tres elementos a su favor: había espacio más que de sobra para dos solteros y una niña de seis años; tenía un patio enorme con un huerto; y se encontraba en False Bay, el lugar que Mark prefería de toda la isla.

—No vais a vivir conmigo —sentenció Sam—. Me gusta vivir solo.

—¿Qué vas a perder si nos vamos a vivir contigo? No interferiríamos en absoluto con tu vida. —En plural, ya que al parecer y a partir de ese momento, tendría que dejar de hablar en singular.

—Estás de coña, ¿verdad? ¿Sabes lo que les pasa a los solteros con niños? Todas las tías buenas pasarán de ti porque no querrán que las engatusen para hacer de canguro y tampoco querrán criar a la hija de otra. Aunque consigas milagrosamente liarte con una tía buena, no podrás conservarla mucho tiempo. Se acabaron las escapadas a Portland o a Vancouver, se acabó el sexo salvaje, se acabó lo de trasnochar. Para siempre.

—Tampoco lo haces ahora —señaló Mark—. Te pasas todo el tiempo en el viñedo.

—Pero es por decisión propia. Cuando hay un crío de por medio, ya no hay decisiones propias. Mientras tus amigos se van de cervezas para ver el partido, tú estás en el supermercado comprando quitamanchas y galletitas para niños.

—No es para siempre.

—No, claro, sólo para lo que me queda de juventud. —Sam bajó la cabeza como si fuera a golpeársela con la mesa, pero acabó apoyando la frente en un brazo.

—¿Qué es para ti la juventud, Sam? Porque no sé, pero yo diría que la dejaste atrás hace un par de años.

Sam se quedó quieto salvo por el dedo corazón de la mano derecha que le enseñó a su hermano.

—Tenía planes para los treinta —dijo con voz apagada—. Y ninguno incluía niños.

—Los míos tampoco.

—No estoy preparado para esto.

—Ni yo. Por eso necesito tu ayuda. —Mark soltó un suspiro exasperado—. Sam, ¿cuándo te he pedido algo?

—Nunca. Pero ¿por qué tienes que empezar ahora?

Mark insistió con tono persuasivo:

—Míralo de esta forma... iremos muy despacio. Seremos los guías turísticos de Holly por la vida. Guías turísticos campechanos que nunca se sacarán de la manga chorradas como «castigos razonables» o «porque lo digo yo». Ya tengo asumido que no soy el mejor para criar a un niño... pero a diferencia de papá, mis errores serán buenos. No voy a darle un bofetón cuando no limpie su dormitorio. No voy a obligarla a comer apio si no le gusta. No voy a hacer cosas que le creen confusión o inseguridad. Si todo sale bien, acabará con una visión del mundo bastante decente y un trabajo que le permita ser independiente. Sabes muy bien que si lo hacemos, le irá mejor que si la mandamos a vivir con desconocidos. O, peor, con nuestros familiares.

Unos cuantos tacos pronunciados en voz baja brotaron de entre los brazos cruzados de Sam. Tal como Mark esperaba, el sentido de justicia de su hermano era su punto débil.

—Vale. —La espalda de Sam se movió por la fuerza de un suspiro antes de repetir—: Vale. Pero tengo condiciones. Para empezar quiero que me des lo que saques por tu apartamento cuando lo alquiles.

—Hecho.

—Y vas a tener que ayudarme a arreglar la casa.

Mark lo miró con recelo.

—No soy muy bueno con las reformas. Puedo hacer lo básico, pero...

—Me conformo. Y verte lijar mis suelos será como un bálsamo para mi alma. —Una vez apaciguado con la promesa del dinero del alquiler y de la mano de obra barata, se disipó parte de su hostilidad—. Probaremos durante un par de meses. Pero si la cosa no me gusta, tendrás que llevarte a la niña a otra parte.

—Seis meses.

—Cuatro.

—Seis.

—¡Vale, joder! Seis meses. —Sam sirvió más whisky—. ¡Por el amor de Dios! —masculló—. Tres Nolan viviendo bajo el mismo techo. Esto va a ser un desastre.

—El desastre ya ha sucedido —replicó Mark con sequedad, y habría dicho más de no ser porque escuchó algo en el pasillo.

Holly apareció en la puerta de la cocina. Se había levantado de la cama y parecía aturdida y medio dormida. Como una pequeña refugiada, vestida con un pijama rosa, con los pies descalzos y vulnerables sobre el oscuro suelo de pizarra.

—¿Qué pasa, cariño? —le preguntó Mark en voz baja al tiempo que se acercaba a ella. La cogió en brazos (no pesaba ni veinte kilos) y la niña lo abrazó—. ¿No puedes dormir?

Lo invadió una inquietante ternura en cuanto sintió el peso de su cabeza en el hombro, el roce de su pelo rubio alborotado y el olor a plastilina y a champú de fresa.

Él era lo único que tenía.

«Sólo tienes que quererla.»

Eso sería lo más sencillo. Era el resto lo que le preocupaba.

—Voy a meterte en la cama, cariño —dijo—. Tienes que dormir. Nos esperan unos días muy ajetreados.

Sam lo siguió mientras la llevaba a su dormitorio. La cama estaba cubierta por un dosel, del que Victoria había colgado una especie de cortinas formadas por mariposas de alas transparentes. Después de dejarla en el colchón, Mark la arropó y se sentó en el borde. Holly estaba callada y tenía los ojos abiertos de par en par.

Mark le apartó el pelo de la frente mientras miraba esos atormentados ojos azules. Haría cualquier cosa por ella... La fuerza de ese sentimiento lo sorprendió. No podía darle todo lo que había perdido. No podía darle la vida que podría haber tenido. Pero podía cuidarla. Nunca la abandonaría.

Todos esos pensamientos, y muchos más, le inundaron la mente. Pero sólo dijo:

—¿Quieres que te cuente un cuento?

Holly asintió con la cabeza al tiempo que miraba de reojo a Sam, que estaba apoyado en la jamba de la puerta.

—Éranse una vez tres osos —comenzó Mark.

—Dos tíos osos —añadió Sam desde la puerta, con un deje un tanto resignado— y una osezna.

Mark esbozó una sonrisa torcida mientras seguía acariciándole el pelo a Holly.

—Que vivían en una casa enorme junto al mar...

2

La campanilla de la puerta sonó cuando el hombre de los sueños de Maggie entró en la tienda. O, para ser más exactos, el hombre que pertenecía a la realidad de otra mujer, porque llevaba de la mano a una niña pequeña que debía de ser su hija. La niña corrió hacia el carrusel que giraba lentamente en un rincón de la juguetería, pero el padre entró más despacio.

Los oblicuos rayos del sol de septiembre acariciaron un pelo oscuro, cortado de forma impecable y con las puntas un poco hacia fuera en la parte posterior del cuello. Tuvo que agachar la cabeza para pasar por debajo de un móvil que colgaba del techo. Se movía como un deportista, con tranquilidad pero pendiente de sus alrededores, y daba la impresión de que si alguien le arrojaba algo de improviso, lo atraparía sin titubear.

Al notar el incontrolable interés de Maggie, miró

en su dirección. Su cara tenía rasgos fuertes y masculinos, y sus ojos eran tan azules que el color se distinguía desde el otro extremo de la tienda. Aunque era alto y su presencia, arrolladora, no se movía con actitud chulesca. Emanaba una confianza tranquila y poderosa. Lucía una barba de dos días y llevaba unos vaqueros tan desgastados que parecían listos para tirarlos. Su aspecto era un tanto desastrado, pero muy sexy.

Eso sí, estaba pillado.

Maggie dejó de mirarlo al instante y se apresuró a coger el telar de madera para añadir unas cuantas hebras elásticas más.

El hombre se acercó a su hija, caminando con las manos en los bolsillos. El trenecito que circulaba por toda la tienda, moviéndose sobre las vías que se habían emplazado en una estantería cercana al techo, le llamó la atención.

Las ventas eran muy buenas desde que El Espejo Mágico abrió sus puertas hacía ya tres meses. Las mesas estaban llenas de juguetes tradicionales: prismáticos, yoyós hechos a mano, cochecitos de madera, peluches, cometas resistentes...

—Ése es Mark Nolan con su sobrina Holly —le dijo Elizabeth a Maggie en voz baja.

Elizabeth era una de las dependientas de la juguetería. Una jubilada muy vital que trabajaba a media jornada en la tienda y que parecía conocer a todos los habitantes de San Juan. Para Maggie, que acababa de mudarse hacía escasos meses a la isla, Elizabeth era una fuente de información valiosísima. Conocía a los clientes, sus historias familiares y sus gustos personales, y recordaba los nombres de los nietos de todo el mundo.

«Dentro de poco es el cumpleaños de Zachary, ¿no?», podía preguntarle a alguna amiga que estuviera echando un vistazo por la tienda. O: «He oído que el pequeño de Madison está un poco pachucho. Tenemos algunos libros nuevos, perfectos para que los lea en la cama.»

Cuando Elizabeth trabajaba, nadie se iba de El Espejo Mágico con las manos vacías. De vez en cuando, incluso llamaba a ciertos clientes si llegaban juguetes nuevos que podían ser de su gusto. En una isla, la mejor publicidad era el boca a boca.

Maggie abrió los ojos por la sorpresa.

—¿Su sobrina?

—Sí, Mark la está criando. La madre de la pobre criatura murió en un accidente de tráfico hace unos seis meses. Así que Mark se la trajo de Seattle, y desde entonces están viviendo en Viñedos Sotavento, en casa de su hermano Sam. No me imaginaba a esos dos intentando cuidar de una niña, pero de momento se las están arreglando.

—¿Son solteros? —Aunque dicha información no era de su incumbencia, la pregunta se le escapó antes de que pudiera evitarlo.

Elizabeth asintió con la cabeza.

—Tienen otro hermano, Alex, que sí está casado, pero he oído que no le va demasiado bien. —Miró a Holly con expresión triste—. Debería tener una mujer en su vida. Creo que ése es uno de los motivos por los que no habla.

Maggie frunció el ceño.

—Te refieres a los desconocidos, ¿no?

—No le habla a nadie. Desde el accidente.

—¡Oh! —exclamó en voz baja—. Uno de mis sobrinos se negaba a hablar con sus compañeros de clase y con su maestra cuando empezó a ir al cole. Pero en casa hablaba sin problemas.

Elizabeth meneó la cabeza con tristeza.

—Por lo que sé, Holly se pasa el día sin hablar. —Se puso un capirote rosa con velo sobre sus rizos blancos que se movían como si fueran las antenas de una mariposa y se colocó la goma bajo la barbilla—. Esperan que se le pase pronto, pero el médico les ha dicho que no la presionen. —Después de coger una varita mágica coronada por una brillante estrella, volvió a la sala de fiestas, donde se estaba celebrando un cumpleaños—. ¡Majestades, ha llegado la hora de la tarta! —anunció, y su exclamación fue recibida con un coro de chillidos que quedó ahogado cuando cerró la puerta.

Maggie registró la compra de un cliente, un conejito de peluche y un libro de ilustraciones, y después echó un vistazo por la tienda en busca de Holly Nolan.

La niña estaba contemplando una casita de hadas

colocada en la pared. La había hecho ella y había decorado el tejado con musgo seco y tapones de botellas pintados de dorado. La puerta estaba hecha con la caja de un reloj de bolsillo estropeado. Holly estaba de puntillas, mirando a través de una diminuta ventana.

Salió de detrás del mostrador y se acercó a la niña, cuya espalda se tensó de forma sutil pero evidente.

—¿Sabes lo que es? —le preguntó Maggie.

La niña negó con la cabeza, sin mirarla siquiera.

—Casi todo el mundo cree que es una casa de muñecas, pero se equivocan. Es una casa de hadas.

Holly la miró en ese momento. Sus ojos la recorrieron desde las zapatillas Converse hasta su melena rizada pelirroja.

Mientras se estudiaban la una a la otra, a Maggie la asaltó una inesperada oleada de ternura. Porque reconoció la frágil seriedad de una niña que ya no confiaba en la estabilidad de las cosas. Sin embargo, también percibió que seguía morando en los rincones de su infancia, lista para dejarse tentar por cualquier cosa que pareciera mágica.

—El hada que vive en ella nunca está durante el día —siguió—. Pero vuelve por las noches. Estoy segura de que no le importará que le eches un vistazo a su casa. ¿Te gustaría verla?

Holly asintió con la cabeza.

Maggie se movió despacio y levantó la aldabilla que cerraba la parte delantera de la casita. En cuanto lo hizo, la fachada se abrió y dejó a la vista tres diminutas estancias amuebladas. En una había una cama hecha con palitos; en otra, una bañera que no era sino una tacita de café pintada de dorado; y en la tercera, una mesa con forma de champiñón acompañada por el corcho de una botella a modo de silla.

Le encantó ver la titubeante sonrisa que apareció en los labios de la niña, y que reveló una simpática mella en la encía inferior.

—No tiene nombre. Me refiero al hada —dijo con un tono confidencial mientras cerraba la parte frontal de la casita—. Al menos no tiene un nombre humano. Tiene un nombre de hada, que nosotros no podemos pronunciar, claro. Así que llevo un tiempo intentando buscarle un nombre. Cuando lo decida, lo pintaré sobre la puerta. A lo mejor la llamo Lavanda. O Rosa. ¿Te gustan?

Holly negó con la cabeza y se mordió el labio inferior mientras contemplaba la casa con expresión pensativa.

—Si se te ocurre algún nombre —le sugirió—, puedes escribirlo para que yo lo lea.

En ese momento, se les acercó el tío de la niña, que colocó una mano con gesto protector en el frágil hombro de su sobrina.

—¿Estás bien, Holly?

Su voz era atractiva, ronca y suave. Sin embargo, sus ojos miraron a Maggie con un brillo un tanto amenazador. La intransigente presencia de ese hombre con su más de metro ochenta de altura la hizo retroceder. Mark Nolan no era precisamente guapo, pero esas facciones fuertes y su moreno atractivo hacían que la belleza resultara una cuestión irrelevante. La pequeña cicatriz con forma de medialuna que tenía en una mejilla, y que a la luz de la ventana parecía plateada, le daba un aire de tío duro. Y los ojos... eran una rara mezcla de azul y verde, como el color del océano en las fotos publicitarias de las islas tropicales. Parecía irradiar peligro de alguna manera que permanecía oculta. Podría decirse que era el error que ninguna mujer se arrepentiría de cometer.

Maggie logró esbozar una sonrisa neutral.

—Hola. Soy Maggie Conroy. La dueña de la juguetería.

Nolan ni se molestó en decirle su nombre. Al percatarse de la fascinación que su sobrina demostraba por la casita del hada, preguntó:

—¿Está a la venta?

—Me temo que no. Forma parte de la decoración de la tienda. —Bajó la vista hacia Holly y añadió—: Pero son muy fáciles de hacer. Si dibujas una y me traes el diseño, te ayudaré a hacerla. —Se agachó para sentarse en los talones y así poder mirar directamente a la carita de la niña—. Nunca se sabe si aparecerá un hada para vivir en ella. Lo único que se puede hacer es esperar con los dedos cruzados.

—No creo... —dijo Mark Nolan, pero dejó la frase en el aire en cuanto vio que Holly sonreía y levantaba un brazo para tocar uno de los pendientes de cristal que colgaban de las orejas de Maggie, haciéndolo oscilar.

Había algo en la niña, con su coleta torcida y su expresión ansiosa, que traspasó las defensas de Maggie. Sintió una punzada muy dulce y casi dolorosa en el pecho mientras se miraban la una a la otra.

«Te entiendo —quería decirle—. Yo también he perdido a alguien. Y no hay reglas para lidiar con la muerte de un ser querido. Tienes que asumir que ese vacío siempre te acompañará, como si fuera una etiqueta cosida al forro de tu chaqueta. Pero la oportunidad de volver a ser feliz, incluso de volver a sentir alegría, siempre estará ahí.» Ella se negaba a dudarlo.

—¿Te gustaría ver un libro sobre las hadas? —le preguntó a la niña, y vio al instante el interés que reflejaba su cara.

Nada más incorporarse, notó el roce de la mano de Holly en la suya. Se la cogió con mucho cuidado y sintió el frío de sus deditos en la palma.

Tras arriesgarse a mirar de reojo a Mark Nolan, vio que tenía una expresión indescifrable y que su antipática mirada se había clavado en sus manos unidas. Se daba cuenta de que el gesto lo había sorprendido. Así como la disposición de su sobrina a darle la mano a una desconocida. Al ver que no parecía dispuesto a objetar, se llevó a la niña a la parte trasera de la tienda.

—La sección de... de libros está aquí —dijo cuando llegaron al lugar donde se emplazaba una mesa de tamaño infantil y un par de sillas pequeñas. Mientras Holly se sentaba, ella cogió un libro voluminoso y colorido de la estantería—. ¡Aquí está! —exclamó con alegría—. Todo lo que te apetezca saber sobre las hadas.

Era un libro lleno de preciosas ilustraciones, algunas de ellas desplegables. Maggie se sentó en la diminuta silla situada junto a la de Holly y abrió el libro.

Nolan se acercó a ellas mientras fingía ojear los mensajes de texto de su móvil, aunque su interés era evidente por mucho que disimulara. Estaba claro que la dejaría relacionarse con su sobrina, pero bajo su supervisión.

Maggie y Holly comenzaron con la sección titulada TAREAS DE LAS HADAS DURANTE EL DÍA, donde aparecían cosiendo arcoíris como si fueran largas cintas, atendiendo sus jardines y tomando el té con mariposas y mariquitas.

De reojo, vio que Mark Nolan sacaba de la estantería una de las copias del libro, todavía con la funda de plástico, y la metía en una cesta. No pudo evitar fijarse en el musculoso contorno de su cuerpo, en el movimiento de esos músculos ocultos por los vaqueros desgastados y la camiseta gris descolorida.

Se dedicara a lo que se dedicase, su apariencia era la de un tío trabajador, con zapatos muy usados, unos Levi's y un reloj decente, pero en absoluto llamativo. Ésa era una de las cosas que le agradaban de los isleños, a los que les gustaba denominarse «sanjuaneros». Era imposible saber quién era un millonario y quién era un simple paisajista.

Una anciana se acercó al mostrador, de modo que Maggie le dejó el libro a Holly.

—Tengo que ir a atender a una clienta —dijo—. Puedes mirarlo todo el tiempo que quieras.

La niña asintió con la cabeza mientras pasaba un dedo por el borde de un arcoíris desplegable.

Maggie se colocó tras el mostrador para atender a la anciana, una señora peinada con un moño muy sofisticado y que llevaba unas gafas graduadas con cristales gruesos.

—Me gustaría que me lo envolviera con papel de regalo —dijo la anciana al tiempo que empujaba sobre el mostrador una caja que contenía un trenecito de madera.

—Es un buen conjunto de vagones y vías para empezar —le informó ella—. Se pueden montar de cuatro formas distintas. Y luego se le puede añadir el puente giratorio. Tiene unas portezuelas que se abren y se cierran automáticamente.

—¿De verdad? A lo mejor debería llevármelo también.

—Voy a enseñarle uno. Lo tenemos expuesto cerca de la entrada.

Mientras Maggie acompañaba a la anciana hasta la mesa donde se exhibía el tren, vio que Holly y su tío habían abandonado la zona de lectura y estaban ojeando las alas de hadas expuestas en la pared. Nolan levantó a la niña en brazos para que viera mejor las de la parte superior. Al ver cómo se le amoldaba la camiseta a la espalda, Maggie sintió algo extraño en la boca del estómago.

Se obligó a dejar de mirarlo mientras envolvía la caja del tren con el papel de regalo. Entretanto, la clienta se fijó en la frase escrita en la pared, detrás del mostrador.

NO HAY SENSACIÓN COMPARABLE A ESTE VUELO EMBELESADO, A ESTE ESTADO DE PLACIDEZ.

—Qué cita más bonita —dijo la anciana—. ¿Es de algún poema?

—De una canción de Pink Floyd —contestó Nolan, que en ese momento se acercó para dejar una cesta cargada hasta arriba en el mostrador—. De «Aprendiendo a volar».

Maggie enfrentó su mirada y notó que se ponía colorada de la cabeza a los pies.

—¿Le gusta Pink Floyd? —le preguntó.

Lo vio esbozar una sonrisa fugaz.

—Me gustaba cuando estaba en el instituto. Pasé una fase en la que sólo vestía de negro y no paraba de quejarme sobre mi aislamiento emocional.

—La recuerdo —afirmó la anciana—. Tus padres estuvieron a punto de llamar al gobernador para alistarte en la Guardia Nacional.

—Menos mal que su amor por la nación los frenó —replicó él.

Su sonrisa se ensanchó, dejando a Maggie hipnotizada, aunque no la estaba mirando siquiera.

Le costó cierto trabajo meter el regalo ya envuelto en una bolsa con asas de cuerda.

—Aquí tiene —dijo con voz alegre mientras le ofrecía la bolsa a la anciana.

Nolan alargó un brazo para cogerla.

—Parece un poco pesada, señora Borowitz. ¿Me permite que se la lleve hasta el coche?

La diminuta mujer sonrió de oreja a oreja.

—Gracias, pero puedo hacerlo yo sola. ¿Cómo están esos dos hermanos tuyos?

—Sam está muy bien. Casi siempre está ocupado en el viñedo. Y Alex... no lo veo mucho últimamente.

—Está dejando su huella en Roche Harbor, sí, señor.

—Sí —replicó él, si bien torció el gesto con algo parecido a la ironía—. No descansará hasta haber cubierto la isla con aparcamientos y edificios de apartamentos.

La anciana miró a Holly.

—Hola, preciosa, ¿cómo estás?

La niña asintió con la cabeza con gesto avergonzado, pero no dijo nada.

—Acabas de empezar primero de Primaria, ¿verdad? ¿Te gusta tu maestra?

Otro tímido asentimiento.

La señora Borowitz chasqueó la lengua con cariño.

—¿Todavía no hablas? Pues tendrás que empezar a

hacerlo pronto. ¿Cómo van a saber los demás lo que piensas si tú no lo dices?

Holly clavó la mirada en el suelo.

Aunque la anciana no había hecho el comentario con mala intención, Maggie vio que Mark Nolan tensaba la mandíbula.

—Ya lo superará —dijo a la ligera—. Señora Borowitz, la bolsa es más grande que usted. Tendrá que dejarme que se la lleve o me quitarán mi medalla de honor.

La anciana rio entre dientes.

—Mark Nolan, sé de buena tinta que no has ganado una medalla de honor en la vida.

—Eso es porque nunca me deja ayudarla...

La pareja siguió discutiendo a modo de broma mientras Nolan le quitaba la bolsa a la mujer y la acompañaba hasta la puerta. Una vez allí, echó un vistazo por encima del hombro.

—Holly, espérame aquí dentro. Vuelvo enseguida.

—Aquí estará bien —le aseguró Maggie—. Yo estaré pendiente de ella.

La mirada de Nolan se posó brevemente en ella.

—Gracias —replicó antes de salir de la tienda.

Maggie soltó el aire que había contenido, sintiéndose como si acabara de bajar de una montaña rusa y sus entrañas necesitaran volver a su sitio después de haber sido descolocadas.

Se apoyó en el mostrador mientras observaba a la niña detenidamente. Holly mostraba una expresión tensa, con los ojos brillantes pero la mirada apagada. Como un par de cuentas de cristal mate. Intentó recordar algo más sobre la época en la que su sobrino Aidan era incapaz de hablar en el colegio. Mutismo selectivo, lo llamaban. Algunos creían que dicho comportamiento era deliberado, pero se equivocaban. Aidan mejoró con el tiempo, y al final logró responder con éxito al paciente estímulo de su familia y de su maestra.

—¿Sabes a quién me recuerdas? —le preguntó a la niña—. A la Sirenita. Has visto la película, ¿verdad? —Se volvió para rebuscar bajo el mostrador hasta dar con una enorme caracola de color rosa que formaba parte de la nueva decoración marina que pronto colocarían en el escaparate—. Tengo una cosa para ti. Un regalo. —Se enderezó para enseñarle la caracola a la niña—. Ya sé que es muy corriente, pero tiene una cosa especial. Si te la pones en la oreja, podrás oír el mar. —Le ofreció la caracola, y Holly se la acercó despacio a la oreja—. ¿Lo oyes?

La niña respondió encogiéndose de hombros con gesto desinteresado. Era evidente que ya conocía el truco de oír el mar en una caracola.

—¿Sabes por qué puedes oírlo? —le preguntó.

Holly negó con la cabeza, al parecer interesada.

—Algunas personas, científicos muy sabios, dicen que la caracola captura los sonidos del exterior y los hace resonar en su cavidad. Sin embargo, otra gente —añadió al tiempo que se señalaba a sí misma y le lanzaba una mirada cómplice a Holly— cree que es por arte de magia.

Después de sopesar un momento la idea, Holly le devolvió la mirada y se llevó un dedo al pecho para mostrarle su acuerdo.

Maggie sonrió.

—Tengo una idea. ¿Por qué no te llevas la caracola a casa y practicas lo de guardar sonidos en ella? Puedes cantarle o tararear así... —Comenzó a cantar moviendo sólo los labios mientras se acercaba la caracola a la boca—. Tal vez algún día tu voz vuelva. Como le pasó a la Sirenita.

Holly alargó los brazos y cogió la caracola entre las manos.

En ese momento, se abrió la puerta y Mark Nolan entró de nuevo en la tienda. Su mirada se clavó de inmediato en su sobrina, que estaba contemplando con expresión intensa la abertura de la caracola. Al ver que comenzaba a tararear en voz muy baja y titubeante, se quedó paralizado. Le cambió la cara. Y en ese instante de sorpresa Maggie atisbó la multitud de emociones que cruzó por su rostro: preocupación, miedo, esperanza.

—¿Qué haces, Holly? —preguntó a la ligera mientras se acercaba a ellas con las cejas enarcadas.

La niña se detuvo y le enseñó la caracola.

—Es una caracola mágica —dijo Maggie—. Le he dicho a Holly que puede llevársela a casa.

Nolan compuso una expresión irritada.

—Es una caracola bonita —replicó—. Pero no tiene ni pizca de magia.

—Sí que la tiene —lo contradijo Maggie—. La magia está a veces en las cosas más corrientes... sólo hay que saber buscarla.

Los labios de Nolan esbozaron una sonrisa irónica.

—Claro —dijo con sorna—. Gracias.

Maggie comprendió demasiado tarde que pertenecía a ese grupo de gente que no alentaba la imaginación de sus hijos. Y era un grupo numeroso. Muchos padres creían que era mejor que sus hijos crecieran enfrentándose a la realidad en vez de confundirlos con cuentos de criaturas fantásticas, animales parlanchines o Papá Noel. En su opinión, sin embargo, la fantasía permitía que los niños desarrollaran su imaginación y encontraran consuelo e inspiración. Claro que ella no tenía ni voz ni voto en la educación de los hijos de los demás.

Se parapetó tras el mostrador, avergonzada, y se dispuso a registrar las ventas. El libro de las hadas, un rompecabezas, un saltador con mangos de madera y unas alitas de hada iridiscentes.

Holly se alejó del mostrador mientras le tarareaba a la caracola. Nolan siguió a su sobrina con la mirada antes de mirar a Maggie.

—Sin ánimo de ofender... —comenzó con voz irritada.

Justo el comienzo de una frase que casi siempre acababa ofendiendo.

—... prefiero ser sincero con los niños, señorita...

—Señora —lo corrigió Maggie—. Señora Conroy. Yo también lo prefiero.

—Entonces ¿por qué le ha dicho que es una caracola mágica? ¿O que hay un hada que vive en esa casa colgada en la pared?

Maggie frunció el ceño mientras arrancaba el tique de compra de la caja registradora.

—La imaginación. Los juegos. No entiende mucho de niños, ¿verdad?

Al instante, comprendió que su comentario había dado en el clavo con mucha más fuerza de la que pretendía. La expresión de Nolan no cambió, pero vio que se le sonrojaban las mejillas y el puente de la nariz.

—Hace seis meses que me convertí en el tutor legal de Holly. Estoy aprendiendo. Pero una de mis reglas es no dejarla creer en cosas que no son reales.

—Lo siento —se disculpó con sinceridad—. No pretendía ofenderlo. Pero el hecho de que no pueda ver algo no significa que no sea real. —Le ofreció una sonrisa contrita—. ¿Quiere el tique o lo dejo en la bolsa?

Esos hipnóticos ojos azules la miraron con una intensidad que hizo que su cerebro se desconectara al instante.

—En la bolsa —lo oyó decir.

Estaban tan cerca que captó su olor, una maravillosa mezcla de jabón y mar con una pizca de café. Lo vio ofrecerle la mano por encima del mostrador.

—Mark Nolan.

Aceptó su mano y descubrió que era una mano fuerte, cálida y encallecida por el trabajo. Su contacto le provocó una punzada muy reveladora que comenzó en el abdomen antes de extenderse por todo su cuerpo.

Para su alivio, la campanilla de la puerta sonó, anunciando la llegada de otro cliente. Se zafó de su mano al instante.

—Hola —dijo, fingiendo una nota de alegría—. Bienvenido a El Espejo Mágico.

Nolan, Mark Nolan, seguía mirándola.

—¿De dónde es?

—De Bellingham.

—¿Por qué se ha mudado a Friday Harbor?

—Me pareció el lugar perfecto para abrir mi tienda —contestó al tiempo que se encogía de hombros a fin de darle a entender que no había mucho que explicar.

Sin embargo, el gesto no pareció convencerlo. Sus preguntas se sucedían con rapidez, en cuanto ella le daba una respuesta.

—¿Tiene familia aquí?

—No.

—En ese caso, seguro que ha venido siguiendo a un hombre.

—No. ¿Por qué dice eso?

—Cuando una mujer como usted se muda, normalmente lo hace por un tío.

Maggie negó con la cabeza.

—Soy viuda.

—Lo siento.

Esa mirada tan intensa le provocó una emoción candente y titubeante, no del todo desagradable.

—¿Desde cuándo?

—Desde hace casi dos años. No puedo... no puedo hablar de eso.

—¿Un accidente?

—Cáncer. —Era tan consciente de él, de esa presencia tan vital y tan masculina, que de repente volvió a sonrojarse de la cabeza a los pies. Hacía mucho tiempo que no sentía ese tipo de atracción, tan exagerada por su intensidad, y no sabía muy bien cómo manejarla—. Tengo unos amigos que viven en Smugglers Cove, en el lado occidental de la isla...

—Sé dónde está.

—¡Ah! Sí, claro, usted creció aquí. Bueno, el caso es que mi amiga Ellen sabía que quería comenzar de cero en algún sitio después de que mi marido... después de...

—¿Ellen Scolari? ¿La mujer de Brad?

Maggie enarcó las cejas, sorprendida.

—¿Los conoce?

—No hay mucha gente en esta isla a quien no conozca —respondió él, entrecerrando los ojos con expresión pensativa—. No te han mencionado —añadió, tuteándola—. ¿Cuánto...?

Y en ese momento los interrumpió una vocecilla titubeante.

—Tío Mark...

—Espera un momento, Holl... —dejó la frase en el aire y se quedó paralizado. Su gesto fue casi cómico cuando por fin miró a la niña que estaba a su lado—. ¿Holly? —dijo con un hilo de voz.

La niña sonrió con timidez, se puso de puntillas y alargó el brazo para darle la caracola a Maggie. Y después añadió en un murmullo perfectiblemente audible:

—Se llama Trébol.

—¿El hada? —preguntó Maggie en voz muy baja, con la piel de gallina por la emoción.

Holly asintió con la cabeza.

Maggie tragó saliva y se las arregló para replicar:

—Gracias por decírmelo, Holly.

3

La impresión que le produjo el susurro de Holly hizo que Mark se olvidara de todo: del lugar donde se encontraba y de la mujer que estaba detrás del mostrador. Llevaban seis meses intentando que Holly dijera algo, cualquier cosa. Ya analizaría más tarde con Sam el motivo por el que había sucedido en ese sitio y en ese instante. De momento, tenía que controlarse para no agobiar a Holly con su reacción. Pero... ¡Dios!

No pudo evitar arrodillarse en el suelo para estrechar a la niña con fuerza. Holly le echó sus delgados bracitos al cuello. Se escuchó pronunciar el nombre de su sobrina con voz desgarrada. Le escocían los ojos y le espantó darse cuenta de que estaba a punto de perder el control.

No obstante, le era imposible detener los temblores provocados por el alivio de saber que Holly estaba preparada para volver a hablar. Tal vez por fin podía permitirse pensar que la niña se recuperaría.

Cuando notó que su sobrina intentaba zafarse de sus brazos, le dio un cariñoso beso en la mejilla y se obligó a apartarse de ella. Se puso en pie, comprobó el estado de su garganta, aún afectada por la emoción, y comprendió que había muchas posibilidades de que le fallara la voz si intentaba decir algo. Tragó saliva y clavó la vista en la pared donde se encontraba la letra de la canción de Pink Floyd. En realidad, no leyó el texto, se limitó a concentrarse en los colores y en las irregularidades del yeso.

Por último, miró con cautela a la pelirroja que seguía tras el mostrador, Maggie, en cuyas manos estaba la bolsa con todo lo que acababa de comprar. Se percató de que entendía perfectamente la relevancia del momento.

No sabía muy bien qué pensar de ella. Debía de medir un metro sesenta y tenía el pelo tan rizado que parecía indomable. Era delgada y vestía de forma sencilla, con una camiseta blanca de manga corta y unos vaqueros.

Su cara, semioculta por culpa de los rizos, era bonita, de rasgos delicados y piel clara, salvo en las mejillas, que tenía muy coloradas. Sus ojos eran oscuros, del mismo color que el chocolate fundido, y tenía unas pestañas muy largas. Le recordaba a las chicas con las que se relacionaba en la universidad. Chicas alegres e interesantes con las que podía quedarse toda la noche hablando, pero con las que no salía. Porque prefería salir con las tías buenas, para provocar la envidia de los demás. Tardó mucho en comprender que tal vez se hubiera perdido algo importante.

—¿Puedo hablar contigo en algún momento? —le preguntó, con más brusquedad de la que pretendía.

—Me encontrarás siempre aquí —contestó Maggie con voz alegre, tuteándolo también—. Puedes pasarte cuando quieras —añadió al tiempo que empujaba la caracola hacia Holly—. ¿Por qué no te la llevas a casa? Sólo por si vuelves a necesitarla en algún momento.

—¡Hola, chicos! —exclamó una voz cantarina y suave tras ellos.

Era Shelby Daniels, una amiga de Seattle. Una chica lista y guapa, y una de las mejores personas que Mark había conocido en la vida. Shelby era capaz de integrarse en cualquier grupo y en cualquier lugar al que la llevaran.

Se acercó a ellos mientras se colocaba un lustroso mechón de pelo rubio tras una oreja. Iba vestida con unos pantalones capri de color caqui, una prístina camisa blanca y unas bailarinas, sin más complementos que sus pendientes de perlas.

—Siento haber llegado tarde. Quería probarme unas cosillas en una tienda que hay aquí al lado, pero no me han convencido. Holly, veo que habéis comprado muchas cosas.

La niña asintió, en silencio como de costumbre.

Mark comprendió con una mezcla de preocupación y buen humor que su sobrina no diría ni pío delante de Shelby. ¿Debería contarle lo que acababa de suceder? No, porque tal vez eso sería como presionar a Holly. Mejor dejar las cosas tal como estaban.

Shelby echó un vistazo a su alrededor y comentó:

—¡Qué tiendecita más mona! La próxima vez que venga, compraré algo para mis sobrinos. Antes de que nos demos cuenta, estaremos en Navidad. —Tomó a Mark del brazo y le sonrió—. Será mejor que nos vayamos ya si quiero coger el avión.

—Claro. —Mark cogió la bolsa del mostrador y alargó la mano para quitarle la caracola a Holly—. ¿Quieres que la lleve?

Su sobrina la aferró con más fuerza, dejando claro que la llevaría ella.

—Vale —dijo Mark—, pero ten cuidado de que no se te caiga. —Volvió a mirar a la pelirroja de detrás del mostrador y la vio colocando los bolígrafos que descansaban en una taza junto a la caja registradora, tras lo cual enderezó una fila de diminutos peluches. Ambas cosas eran innecesarias. La luz del sol que entraba por las ventanas le arrancaba brillantes destellos rojos a su pelo—. Adiós —le dijo—. Y gracias.

Maggie Conroy se despidió con un gesto de la mano, pero no lo miró. Una reacción que le indicó que estaba tan desconcertada como él.

Después de dejar a Shelby en el pequeño aeropuerto de la isla, con su única pista, Mark regresó a Viñedos Sotavento con Holly. Los viñedos de Sam estaban a unos nueve kilómetros de Friday Harbor, en el suroeste de la isla, en False Bay. Los domingos había que conducir con cuidado, porque la carretera estaba plagada de ciclistas y jinetes. Y también era frecuente encontrarse con ciervos de cola negra, tan mansos como perros, que atravesaban las carreteras tranquilamente tras atravesar los zarzales y los pastizales.

Mark dejó bajada la ventanilla de su camioneta para que entrara la brisa del mar.

—¿Has visto eso? —le preguntó a Holly, señalando un águila de cabeza blanca que planeaba sobre ellos.

—Ajá.

—¿Ves lo que lleva en las garras?

—¿Un pez?

—Posiblemente. O lo ha pescado en el mar o se lo ha quitado a otro pájaro.

—¿Adónde lo lleva? —Holly hablaba con voz titubeante, como si a ella también le sorprendiera escucharse.

—A su nido, a lo mejor. Los machos se hacen cargo de las crías, de la misma forma que las hembras.

Holly respondió asintiendo con la cabeza; un gesto prosaico. Según le había enseñado la vida, lo que acababa de decirle su tío era plausible.

A Mark le costó la misma vida no aferrar el volante con todas sus fuerzas. Estaba pletórico de alegría. Hacía tanto tiempo que Holly no hablaba que se le había olvidado cómo era su voz.

El psicólogo de la niña les había recomendado empezar con respuestas no verbales, como pedirle que señalara lo que quería comer, hasta conseguir que dijera una palabra.

Hasta ese momento, la única vez que Mark había logrado que la niña emitiera un sonido fue durante un reciente trayecto por la carretera de Roche Harbor, durante el cual Holly vio a *Mona*, la camella, en su pastizal. El animal, una isleña muy famosa, había sido adquirido a un tratante de animales exóticos en Mill Creek, hacía cosa de ocho o nueve años, y desde entonces residía en la isla. Mark se dedicó a entretener a Holly haciendo sonidos semejantes a los de un camello, un comportamiento por el que se sintió un poco tonto, y sus esfuerzos se vieron recompensados cuando la niña se animó a participar brevemente.

—¿Qué te ha ayudado a encontrar tu voz, cariño? ¿Maggie ha tenido algo que ver? ¿La pelirroja de la juguetería?

—Fue la caracola mágica —contestó la niña, mirando la caracola que acunaba entre las manos.

—Pero es que no es... —Mark guardó silencio.

Lo importante no era que la caracola fuera mágica o no. Lo importante era que Holly había captado la idea y que se la habían propuesto en el momento preciso para ayudarla a salir de su mutismo. Magia, hadas... todo formaba parte de un vocabulario infantil desconocido para él, de un territorio ubicado en la imaginación que hacía mucho que había abandonado. No podía decirse lo mismo de Maggie Conroy.

Nunca había visto a Holly conectar de esa forma con una mujer, ni con las antiguas amigas de Victoria, ni con su maestra, ni siquiera con Shelby, con quien había pasado mucho tiempo. ¿Quién era la tal Maggie Conroy? ¿Por qué se mudaba una veinteañera a una isla donde la mayoría de los residentes sobrepasaba la barrera de los cuarenta? ¡Para abrir una juguetería, por el amor de Dios!

Quería volver a verla. Quería saber todo lo que hubiera que saber sobre ella.

El sol del atardecer dominical era intenso y su luz dorada hacía brillar las charcas y los estrechos canales de False Bay. El hábitat de la bahía, que comprendía unas ochenta hectáreas de playa, parecía de lo más normal hasta que bajaba la marea. En ese momento, la arena se llenaba de gaviotas, garzas y águilas en busca del banquete marino que quedaba en las charcas: cangrejos, gusanos, camarones y almejas. Se podía caminar casi un kilómetro sobre el rico sedimento que quedaba al descubierto con la marea baja.

Giró al llegar al camino de gravilla privado por el que se accedía a Viñedos Sotavento. Si se contemplaba el exterior de la casa, aún parecía destartalada y en muy malas condiciones, pero el interior se había sometido a una reforma estructural completa. Lo primero que hizo Mark fue arreglar el dormitorio de Holly. Pintó las paredes de color azul celeste con una cenefa en blanco roto. Trasladó los muebles del que había sido hasta entonces el dormitorio de la niña, e incluso volvió a colocar las mariposas en el dosel de la cama.

El proyecto más complicado hasta la fecha había sido el del cuarto de baño, empeñado como estaba en que Holly tuviera uno decente. Sam y él habían dejado los tabiques desnudos, tan sólo con el armazón de madera, para instalar tuberías nuevas. Después habían nivelado el suelo y habían colocado sanitarios nuevos. El lavabo contaba con una encimera de mármol. Una vez que los tabiques estuvieron recubiertos de nuevo por las placas de yeso, dejaron que Holly escogiera el color de las paredes. Evidentemente, se decantó por el rosa.

—Es apropiado para el diseño de la casa —dijo Mark, recordándole así a Sam que las muestras de color procedían de una paleta empleada en la época victoriana.

—Es... de niñas —protestó Sam—. Cada vez que entro en ese cuarto de baño de color rosa, salgo con ganas de hacer algo muy masculino.

—Sea lo que sea, hazlo fuera para que no te veamos.

El siguiente proyecto fue la cocina, donde Mark instaló una placa nueva con seis fuegos y un nuevo frigorífico. Se vio obligado a rascar al menos seis capas de pintura antigua de los marcos de las ventanas y de las puertas, para lo cual utilizó un aparato de infrarrojos y una lijadora que le prestó Alex, que se mostró muy generoso a la hora de ofrecerles herramientas, suministros y consejos. De hecho, empezó a pasarse por la casa al menos una vez por semana, posiblemente porque era un experto en reformas y en construcción, y porque saltaba a la vista que necesitaban su ayuda. En sus manos, cualquier trozo de madera inservible se convertía en algo útil e ingenioso.

Durante su segunda visita, incluyó una serie de compartimentos en el armario de Holly para que la niña colocara sus zapatos. Le encantó descubrir que algunos estaban ocultos, como si fueran un escondite secreto. En otra ocasión, después de que Sam y Mark se percataran de que algunas de las vigas del porche estaban cediendo e incluso descomponiéndose por la carcoma, Alex llegó acompañado por una cuadrilla de trabajadores. Se pasaron todo el día colocando postes nuevos, sustituyendo las vigas antiguas e instalando canalones. Mark y Sam no habrían podido hacerlo solos, de modo que le agradecieron la ayuda. Claro que conociendo a Alex...

—¿Qué crees que quiere? —le preguntó Sam a Mark.

—¿Evitar que su sobrina acabe aplastada por un derrumbe?

—No, de esa forma le estás atribuyendo motivaciones humanas, y recuerda que acordamos no hacerlo.

Mark intentó contener una sonrisa en vano. Alex era tan frío y tan distante desde el punto de vista emocional que a veces se planteaba si tendría pulso.

—A lo mejor se siente culpable por no haberse relacionado más con Vicky antes de que muriera.

—A lo mejor está utilizando cualquier excusa para mantenerse alejado de Darcy. En el hipotético caso de que no odiara tanto la idea del matrimonio, ver el de Alex me habría hecho aborrecerla.

—Es obvio que un Nolan no debe casarse con alguien que se parezca a nosotros —apostilló Mark.

—Yo creo que un Nolan no debería casarse con una mujer que esté dispuesta a aceptarlo tal como es.

Fuera cual fuese su motivo, Alex siguió ayudando con las reformas. Gracias a los esfuerzos de los tres, la casa comenzó a tener mejor aspecto. O al menos a parecer habitable para una familia normal.

—Como intentes darnos la patada después de esto —le dijo Mark a Sam—, te juro que acabas enterrado en el patio.

Ambos sabían que era imposible que Sam los echara. Porque Sam, para su sorpresa, adoraba a la niña desde el primer día. Al igual que Mark, daría su vida por ella si fuera necesario. Holly merecía lo mejor que pudieran darle.

Aunque al principio Holly se mostró cauta, no tardó en encariñarse con sus tíos. Pese a los consejos bienintencionados de muchas personas que les advertían que no la malcriaran, ni Sam ni Mark veían muestras de que su actitud indulgente le estuviera ocasionando daño alguno. De hecho, les habría encantado ver a Holly haciendo travesuras. Era una niña tan buena que siempre hacía lo que le decían.

En los días que no había colegio, acompañaba a Mark a su empresa en Friday Harbor y observaba cómo los granos de café arábica de color amarillo claro acababan con un brillante tono marrón después de salir de la gigantesca torrefactora. A veces, Mark le compraba un helado en la heladería situada cerca del puerto y después iban a ver las embarcaciones y paseaban entre las hileras de yates, lanchas y barcos de pesca.

Sam solía llevársela cuando iba a inspeccionar los viñedos, o a False Bay en busca de erizos y estrellas de mar durante la marea baja. Se ponía los collares que Holly hacía en el colegio con distintos tipos de pasta y colocaba sus dibujos en las paredes de la casa.

—No tenía ni idea de que esto fuera así —confesó Sam una noche mientras entraba en casa con Holly en brazos, ya que se había quedado dormida en el coche.

Habían pasado la tarde en English Camp, el lugar donde los ingleses se asentaron durante la ocupación británica antes de que la isla pasara a manos de los norteamericanos. El parque nacional, con sus más de dos kilómetros de playa, era el lugar perfecto para merendar al aire libre y jugar con el disco. A fin de que Holly se lo pasara en grande, tanto Sam como Mark se dedicaron a hacer acrobacias mientras se lanzaban el juguete. Habían llevado consigo la caña de pescar y la pequeña caja de aparejos de la niña, y Mark le había enseñado la mejor forma de lanzar el anzuelo para pescar escorpinas en la orilla.

—¿A qué te refieres? —le preguntó Mark, que abrió la puerta delantera y encendió las luces del porche.

—A vivir con un niño. —Y añadió un tanto avergonzado—: A que te quiera un niño.

La presencia de Holly en sus vidas había supuesto una bendición que ninguno había conocido hasta entonces. Era un recuerdo de la inocencia. Y descubrieron que algo cambiaba cuando se recibía el amor incondicional y la confianza de un niño.

Porque se ansiaba merecerlos.

Mark y Holly entraron en la casa a través de la cocina y dejaron las bolsas de la compra y la caracola en los bancos hechos a medida del anticuado *office*. Encontraron a Sam en el salón, una estancia dolorosamente desnuda con las placas de yeso recién colocadas en las paredes y una chimenea agrietada con un revestimiento temporal de tela metálica. Sam estaba justo al lado, construyendo un molde para verter el hormigón sobre el cual iría el nuevo hogar.

—Esto va a ser un quebradero de cabeza —dijo

mientras medía—. Tengo que ver cómo me las apaño, porque quiero usar el mismo conducto para dos hogares diferentes. Este conducto pasa justo por el dormitorio de la planta de arriba. Increíble, ¿verdad?

Mark se agachó y le dijo a Holly al oído:

—Ve a preguntarle qué hay para cenar.

La niña obedeció, se acercó a Sam y después de pegar los labios a una de sus orejas, le susurró algo y se apartó.

Mark vio que su hermano se quedaba petrificado.

—Hablas —dijo Sam mientras se volvía despacio para mirar a la niña, aunque su voz ronca traslucía un claro interrogante.

Holly negó con la cabeza. Estaba muy seria.

—Sí, has hablado. Acabas de hablarme al oído.

—No. —Y soltó una risilla al ver la expresión de Sam.

—¡Lo has hecho otra vez, Dios! Di mi nombre. Dilo.

—Tío Herbert.

Sam soltó una trémula carcajada y la abrazó para estrecharla contra su pecho.

—¿Herbert? Pues ahora cenaremos picos de pollo y patas de lagarto. —Sin soltar a Holly, miró a Mark mientras meneaba la cabeza, asombrado. Estaba sonrojado y tenía un brillo sospechoso en los ojos—. ¿Cómo? —fue lo único que consiguió preguntar.

—Luego te lo cuento —respondió Mark con una sonrisa.

—Bueno, dime qué ha pasado —insistió Sam mientras removía la salsa de tomate que acompañaría a los espaguetis. Holly estaba ocupada en la estancia contigua, entretenida con su nuevo rompecabezas—. ¿Cómo lo has hecho?

Mark abrió una cerveza.

—Yo no he sido —contestó después de darle un trago, disfrutando del frescor—. Estábamos en la juguetería de Spring Street, esa nueva, hablando con la dueña, una pelirroja muy mona. Nunca la había visto, por cierto...

—La conozco. Maggie no sé qué. Conner, Carter...

—Conroy. ¿La conoces?

—No personalmente. Pero Scolari ha intentado que quede con ella.

—A mí no me ha dicho ni pío —replicó Mark, ofendido al instante.

—Tú estás saliendo con Shelby.

—Shelby y yo no tenemos una relación exclusiva.

—Scolari cree que Maggie es mi tipo. Tenemos casi la misma edad. ¿Has dicho que es mona? Me alegro. Creo que iré a echarle un vistazo antes de comprometerme a algo más.

—Yo sólo soy dos años mayor que tú —le recordó Mark, indignado.

Sam soltó la cuchara y cogió una copa de vino.

—¿La has invitado a salir?

—No. Estaba con Shelby en ese momento y, además...

—Reclamo mis derechos.

—No tienes derechos sobre ella —dijo Mark con voz cortante.

Sam enarcó las cejas.

—Tú ya tienes novia. Y los derechos le pertenecen al que lleve más tiempo de sequía.

Mark se encogió de hombros con cierta irritación.

—Bueno, dime qué hizo Maggie —insistió Sam—. ¿Cómo consiguió que Holly hablara?

Mark le describió la escena que tuvo lugar en la juguetería, el detalle de la caracola mágica y cómo hizo el milagro la idea de que fingiera guardar su voz en ella.

—Alucinante —replicó Sam—. En la vida se me habría ocurrido algo así.

—Fue más bien cuestión del momento. Holly estaba lista para hablar y Maggie le ofreció una forma de hacerlo.

—Sí, pero... ¿es posible que Holly lo hubiera hecho hace semanas si se nos hubiera ocurrido algo así a ti o a mí?

—¿Quién sabe? ¿Adónde quieres llegar?

—¿Alguna vez te has parado a pensar cómo van a ser las cosas cuando crezca? —le preguntó su hermano a su vez en voz baja—. ¿Cuando necesite a alguien con quien hablar de cosas de chicas? ¿Cómo nos las vamos a apañar?

—Sam, sólo tiene seis años. Ya nos preocuparemos por eso cuando llegue el momento.

—Me preocupa que ese momento llegue antes de lo que pensamos. Es que... —Sam dejó la frase en el aire y se frotó la frente como si quisiera aliviar un inminente dolor de cabeza—. Tengo que enseñarte una cosa cuando Holly esté acostada.

—¿El qué? ¿Debo preocuparme?

—No lo sé.

—¡Joder, dímelo ahora!

—Vale —susurró su hermano—. Estaba ojeando la carpeta de Holly donde guarda las tareas del colegio para ver si había acabado de colorear un dibujo y encontré esto. —Se acercó a la encimera y cogió una hoja de papel—. La maestra les ha puesto deberes de Lengua esta semana. Tienen que escribirle una carta a Papá Noel. Y ésta es la que ha escrito Holly.

Mark lo miró sin comprender.

—¿Una carta a Papá Noel? ¡Si estamos a mediados de septiembre!

—Ya han empezado a poner anuncios navideños. Y ayer cuando fui a la ferretería oí a Chuck decir que empezarían a sacar los árboles de Navidad a final de mes.

—¿Antes del Día de Acción de Gracias? ¿¡Antes de Halloween!?

—Sí. Supongo que forma parte de un diabólico plan mundial para fomentar el consumo. No intentes luchar contra él. —Sam le dio la hoja de papel—. Échale un vistazo.

Querido Papá Noel:
Este año sólo quiero una cosa
Una mamá
Por favor no te olvides de que ahora vivo en Friday Harbor.
gracias
te quiere

HOLLY

Mark guardó silencio durante un buen rato.

—Una mamá —dijo Sam.

—Sí, ya veo. —Con los ojos clavados en la carta, Mark murmuró—: Menudo calcetín va a necesitar.

Después de cenar, Mark se sentó en el porche delantero con una cerveza. La mecedora de madera estaba hecha polvo, pero era muy cómoda. Sam era el encargado de arropar a Holly y de leerle una de las historias del libro de cuentos que habían comprado esa tarde.

Los atardeceres todavía eran largos en esa época del año y pintaban el horizonte de la bahía con tonos rosados y naranjas. Con la vista clavada en los relucientes bajíos que se atisbaban entre los troncos de los madroños del Pacífico, intentó averiguar qué iba a hacer con Holly.

Una mamá.

Era normal que quisiera una madre. Por mucho

que Sam y él lo intentaran, había ciertas cosas que no podían hacer por ella. Y aunque el número de padres que criaban a solas a sus hijos era numeroso, nadie podía negar que existían miles de cosas para las que una niña necesitaba una madre.

Siguiendo el consejo del psicólogo, habían enmarcado unas cuantas fotos de Victoria. Tanto Sam como él se aseguraban de hablarle de ella, de ofrecerle un vínculo con su madre. Pero podían hacer mucho más y era muy consciente de ello. No había razón alguna por la que Holly tuviera que vivir su infancia sin una figura materna. Shelby casi rayaba en la perfección. Además, le había dejado muy claro que estaba dispuesta a ser paciente pese a la ambigüedad de sentimientos que le provocaba el matrimonio.

«Nuestro matrimonio no será como el de tus padres —le había señalado Shelby con ternura—. Será distinto porque será sólo nuestro.»

Mark entendía lo que quería decirle, incluso estaba de acuerdo con ella. Sabía que él no era como su padre, a quien no le importó cruzarles la cara a sus hijos. El hogar en el que crecieron fue tempestuoso, plagado de peleas, discusiones y melodrama. La versión matrimonial de los Nolan, con sus peleas a grito pelado y sus increíbles reconciliaciones, les había enseñado la cara más amarga de la vida en pareja, pero ninguna de sus alegrías.

Mark entendía que, si bien el matrimonio de sus padres había sido un completo desastre, no siempre tenía por qué ser así, y había intentado tener una opinión neutral sobre el tema. Siempre había pensado que cuando encontrara a la mujer adecuada, si acaso lo hacía, habría algún tipo de reconocimiento inmediato, una especie de certeza avalada por su corazón que despejaría todas las dudas. De momento, nada que se le pareciera le había sucedido con Shelby.

¿Y si no le pasaba con nadie? Intentó pensar en el matrimonio como un acuerdo práctico con alguien a quien apreciara. Tal vez ésa fuera la mejor forma de visualizarlo, sobre todo si había que tener muy presentes los intereses de una niña. Shelby poseía la personalidad adecuada (era tranquila, agradable y cariñosa) para convertirse en una madre estupenda.

Él no creía en el amor romántico ni en las almas gemelas. Era el primero en admitir que tenía una mentalidad demasiado pragmática y que sus ideas estaban bien asentadas en la cruda realidad. Le gustaba ser así. ¿Era injusto para Shelby que le propusiera un matrimonio basado en consideraciones prácticas? Tal vez no, siempre y cuando sus sentimientos fueran sinceros. O más bien su falta de sentimientos...

Regresó al interior cuando apuró la cerveza. Una vez que tiró la lata al cubo de la basura para reciclar, se encaminó al dormitorio de Holly. Sam ya la había acostado y había dejado la lamparita encendida.

Su sobrina tenía los ojos casi cerrados y estaba bostezando. A su lado, dormía un osito de peluche, cuyos brillantes ojos lo miraban expectantes.

Mark contempló a Holly y en ese instante experimentó uno de esos momentos en los que se toma conciencia del gran cambio que acaba de sufrir la vida en poco tiempo, de modo que la vida anterior queda ya muy atrás. Se inclinó para besarla en la frente como hacía todas las noches. Los delgados bracitos de la niña lo abrazaron por el cuello mientras la escuchaba murmurar con voz soñolienta:

—Te quiero. Te quiero. —Se dio media vuelta, abrazó a su osito y se quedó dormida.

Mark siguió donde estaba, parpadeando mientras intentaba asimilar el tremendo impacto que acababa de recibir. Por fin sabía lo que era que le rompieran el corazón. Y no de forma triste, ni en un sentido romántico. Hasta ese instante nunca había experimentado el deseo de cubrir de felicidad a otro ser humano.

Encontraría una madre para Holly. La madre perfecta. Crearía un círculo de personas que la rodeara.

Lo normal era que un niño fuera el fruto de una familia. En su caso, sin embargo, la familia sería el fruto del niño.

4

Las cuatro islas principales del archipiélago, San Juan, Orcas, López y Shaw, eran accesibles a través de la línea de ferry estatal de Washington. Se podía aparcar el coche en el ferry, subir a una de las cubiertas superiores y sentarse con los pies en alto la hora y media que se tardaba en recorrer la distancia entre la isla de San Juan y Anacortes, en el continente. El agua estaba en calma y las vistas eran espectaculares tanto en verano como en otoño.

Maggie condujo el coche hasta la terminal del ferry en Friday Harbor después de dejar a su perro en la residencia canina local. Aunque podría haber tomado el vuelo de media hora que la dejaría directamente en Bellingham, prefería ir por mar a ir por aire. Le gustaba contemplar las casas que se levantaban junto al mar y las líneas costeras de las islas, y disfrutar de los avistamientos ocasionales de los delfines o de los leones marinos. En ocasiones, se podía ver a los voraces cormoranes en los rompientes de las olas, negros como la pimienta recién salida de un molinillo.

Dado que una de sus hermanas la recogería en la terminal de Anacortes y que no necesitaría el coche durante los días que iba a pasar con su familia, Maggie embarcó a pie en el ferry. La embarcación era un ferry eléctrico de acero con capacidad para casi mil pasajeros y ochenta y cinco vehículos, y una velocidad de treinta nudos.

Con el macuto a cuestas, se dirigió a la zona cerrada de la cubierta principal de pasajeros. Recorrió uno de los anchos bancos que flanqueaban las ventanas. El ferry del viernes por la mañana estaba repleto de pasajeros que o bien iban a Seattle por motivos laborales, o bien lo hacían para disfrutar del fin de semana. Encontró un par de bancos que se miraban entre sí. Uno estaba ocupado por un hombre vestido con pantalones chinos y un polo azul marino. El hombre estaba absorto leyendo un periódico y tenía varias secciones descartadas a su lado.

—Perdone, ¿está libre...? —le preguntó, pero se quedó sin voz cuando el hombre levantó la cabeza para mirarla.

Lo primero que vio fueron sus ojos azules. Sufrió una especie de descarga, como si su corazón estuviera conectado a unos cables.

Era Mark Nolan... afeitado, bien vestido, muy sexy

y rezumando virilidad por todo su cuerpo. Sin apartar la mirada de ella, dejó el periódico a un lado y se puso en pie, un gesto muy anticuado que la desconcertó todavía más.

—Maggie... ¿Vas a Seattle?

—A Bellingham. —Se habría dado de tortas por haber hablado como si le faltara el aire—. A visitar a mi familia.

Mark señaló el banco que tenía enfrente.

—Siéntate.

—Yo... —Maggie meneó la cabeza y echó un vistazo a su alrededor—. No quiero molestarte.

—No pasa nada.

—Gracias, pero... no quiero hacer lo del avión contigo.

Mark enarcó las cejas.

—¿Lo del avión?

—Sí, es que cuando me siento junto a un desconocido en un avión, a veces acabo contándole un montón de cosas... que jamás admitiría ni delante de mi mejor amiga. Pero nunca me arrepiento, porque sé que no voy a encontrarme otra vez con esa persona.

—No estamos en un avión.

—Pero sí en un medio de transporte.

Mark Nolan se quedó mirándola con un desconcertante brillo burlón en los ojos.

—El trayecto en ferry no es tan largo. ¿Cuánto podrías contarme?

—Toda mi vida.

A Mark le costó esbozar una sonrisa, como si no pudiera malgastarlas.

—Arriésgate. Siéntate conmigo, Maggie.

Era más una orden que una invitación. Pero se descubrió obedeciéndola. Dejó su macuto en el suelo y se sentó en el asiento opuesto. Mientras enderezaba la espalda, se percató de que Mark la repasaba con la mirada de forma eficiente. Llevaba unos vaqueros ajustados, una camiseta blanca y una americana corta negra.

—Estás distinta —dijo él.

—Es por el pelo. —Se pasó los dedos con timidez por los mechones largos y lisos—. Me lo aliso cada vez que voy a ver a mi familia. Si no lo hago, mis hermanos empiezan a meterse conmigo y a tirarme del pelo... Soy la única de la familia que lo tiene rizado. Rezo para que no llueva. En cuanto se moja... —Gesticuló, imitando una explosión.

—Me gusta de las dos maneras.

El halago fue dicho con tal sinceridad que a Maggie le resultó más enternecedor que otra cosa.

—Gracias. ¿Qué tal Holly?

—Sigue hablando. Cada vez más. —Hizo una pausa—. No tuve oportunidad de darte las gracias el otro día. Lo que hiciste por Holly...

—Bah, fue una tontería... Me refiero a que en realidad no hice nada.

—Para nosotros fue mucho. —La miró a los ojos—. ¿Qué vas a hacer con tu familia este fin de semana?

—Es una simple reunión familiar. Cocinaremos,

comeremos, beberemos... mis padres tienen una casa enorme en Edgemoor y un millón de nietos. Somos ocho hermanos.

—Eres la pequeña —dijo él.

—La segunda por la cola. —Soltó una carcajada desconcertada—. Casi aciertas. ¿Cómo lo has adivinado?

—Eres extrovertida. Sonríes mucho.

—¿Y tú qué eres? ¿El mayor? ¿El mediano?

—El mayor.

Maggie lo estudió abiertamente.

—Lo que quiere decir que te gusta imponer las reglas, que eres de fiar... pero que de vez en cuando también puedes pecar de sabelotodo.

—Tengo razón casi siempre —replicó él con modestia.

Maggie contuvo una carcajada.

—¿Por qué montaste una juguetería en la isla? —quiso saber Mark.

—Se puede decir que fue algo natural. Antes decoraba muebles infantiles. Así conocí a mi marido. Tenía una fábrica de muebles rústicos donde solía comprar cosas, juegos de mesas y sillas, cabeceros para las camas y esas cosas, pero después de que nos casáramos, dejé de pintar durante un tiempo, por culpa de... ya sabes, el cáncer que padecía. Y cuando volví a trabajar, me apeteció probar algo distinto. Algo divertido. —Al ver que Mark estaba a punto de hacerle una pregunta, seguramente sobre Eddie, se lo impidió con

73

una pregunta de su propia cosecha—: ¿A qué te dedicas?

—Tengo una torrefactora de café.

—¿Es un negocio familiar o...?

—Tengo dos socios y la fábrica está en Friday Harbor. Contamos con una torrefactora industrial capaz de producir cuarenta y cinco kilos por hora. Hemos desarrollado seis tipos de café que comercializamos con nuestra propia marca, pero también producimos para varias cadenas de supermercados, tanto en la isla como en Seattle o Lynnwood... De hecho, también le servimos a un restaurante de Bellingham.

—¿De verdad? ¿Cómo se llama?

—Es un vegetariano, Variedad de la Huerta.

—¡Me encanta ese sitio! Pero nunca he probado el café.

—¿Por qué no?

—Dejé de tomarlo hace años, después de leer un artículo que aseguraba que no era bueno para la salud.

—¡Pero si es prácticamente un tónico medicinal! —protestó Mark, indignado—. Está lleno de antioxidantes y fitoquímicos. Reduce el riesgo de padecer ciertos tipos de cáncer. ¿Sabías que la palabra «café» tiene su origen en una frase árabe que podría traducirse como 'vino del grano'?

—Pues no lo sabía —contestó Maggie con una sonrisa—. Te tomas muy en serio tu café, ¿verdad?

—Todas las mañanas enciendo la cafetera como

un soldado que se reencontrara con su amor perdido tras una guerra —contestó.

Maggie sonrió de nuevo al pensar en lo maravillosa que era su voz, grave pero muy clara.

—¿Cuándo empezaste a beber café?

—En el instituto. Mientras estudiaba para un examen. Probé mi primera taza de café porque creía que me ayudaría a mantenerme despierto.

—¿Qué te gusta más? ¿El sabor? ¿La cafeína?

—Me gusta empezar el día con las noticias y con un Blue Mountain de Jamaica. Me gusta tomarme una taza por la tarde mientras despotrico contra los Mariner o los Seahawk. Me gusta saber que con una taza de café puedo disfrutar de los sabores de lugares a los que nunca iré. Las faldas del Kilimanjaro en Tanzania, las islas de Indonesia, Colombia, Etiopía, Brasil, Camerún... Me gusta que un camionero pueda disfrutar de una taza de café tan buena como la de un millonario. Pero sobre todo me gusta el ritual. Reúne a los amigos, es el colofón perfecto de cualquier cena... y de vez en cuando te ayuda a convencer a una mujer guapa de que suba a tu casa.

—Eso no tiene nada que ver con el café. Convencerías a cualquier mujer con un vaso de agua del grifo. —Un segundo después, y con los ojos como platos, se tapó la boca con una mano—. No sé por qué he dicho eso —dijo a través de los dedos, avergonzada y alucinada.

Sus ojos se encontraron durante un electrizante

momento. Y después Mark esbozó una sonrisa y a Maggie le dio un vuelco el corazón.

Mark meneó la cabeza para decirle que no se lo había tomado a mal.

—Ya me lo advertiste. —Señaló las paredes del ferry—. Los medios de transporte hacen que pierdas las inhibiciones.

—Sí. —Hipnotizada por esos cálidos ojos azules, intentó recuperar el hilo de la conversación—. ¿De qué estábamos hablando? Ah, sí, del café. Nunca he probado un café que sepa tan bien como el olor de los granos.

—Algún día te prepararé el mejor café que hayas probado en la vida. Me perseguirás taza en mano rogándome que te dé más agua caliente filtrada a través de café robusta molido.

Mientras se echaba a reír, Maggie se percató de que algo había cobrado vida entre ellos. Era atracción, se dio cuenta de pronto. Hasta ese momento estaba convencida de que había perdido la capacidad de percibir el atractivo físico de otra persona.

El ferry se estaba moviendo. Ni siquiera se había dado cuenta de que la sirena había sonado. El potente motor hacía vibrar la estructura de la embarcación, de modo que un leve rumor recorría el suelo y los asientos, de forma tan constante como los latidos de un corazón.

Maggie supuso que debería apreciar las vistas mientras cruzaban el estrecho, pero habían perdido su capacidad para seducirla. Volvió a mirar al hombre que estaba sentado frente a ella, su cuerpo relajado, con las piernas separadas y un brazo apoyado en el respaldo del banco.

—¿Cómo vas a pasar el fin de semana? —le preguntó.

—Voy a ver a una amiga.

—¿La mujer que te acompañaba en la tienda?

La expresión de Mark se tornó cautelosa.

—Sí. Shelby.

—Me pareció agradable.

—Lo es.

Maggie sabía que debería dejarlo tal cual. Pero la curiosidad que Mark le provocaba comenzaba a traspasar todos los límites. Mientras intentaba recordar a Shelby, una rubia elegante y guapa, recordó que en su momento creyó que hacían buena pareja. Como las que se veían en los anuncios de joyas.

—¿La cosa va en serio?

Mark meditó la respuesta.

—No lo sé.

—¿Cuánto lleváis saliendo?

—Unos meses. —Hizo una pausa reflexiva antes de añadir—: Desde enero.

—Pues ya deberías saber si la cosa va en serio.

Mark parecía dividido entre el fastidio y la sorna.

—A algunos nos cuesta descubrirlo más que a otros.

—¿Qué hay que descubrir?

—Si soy capaz de superar el miedo a la eternidad.

—Creo que debería decirte cuál es mi lema. Es una frase de Emily Dickinson.

—Yo no tengo lema —replicó él con aire pensativo.

—Todo el mundo debería tener uno. Puedes usar el mío si te gusta.

—¿Cuál es?

—«Siempre está compuesto de ahoras.» —Guardó silencio y su sonrisa adquirió un matiz tristón—. No deberías preocuparte por la eternidad... el tiempo se acaba antes de que te des cuenta.

—Sí. —En su tono apacible había una nota desesperada—. Lo descubrí cuando perdí a mi hermana.

Maggie lo miró con expresión compasiva.

—¿Estabais muy unidos?

Se produjo una pausa larguísima.

—Los Nolan nunca hemos sido lo que se dice una familia unida. Es como un plato horneado. Puedes coger un montón de ingredientes que están muy buenos cada uno por su lado, pero que si los juntas y los metes en el horno, sale un potingue asqueroso.

—No todos los platos horneados están malos —replicó ella.

—Dime uno.

—El timbal de macarrones con queso.

—Eso no es un plato horneado.

—¿Y qué es?

—Es pasta.

Maggie se echó a reír.

—Buen intento, pero se hace en el horno.

—Si tú lo dices... Pero entonces es el único que me gusta. Los demás saben como si hubieras vaciado la despensa en el horno.

—Yo hago la receta de mi abuela para el timbal de macarrones con queso. Con cuatro variedades distintas de queso. Y picatostes por encima.

—Vas a tener que preparármelo algún día.

Claro que eso nunca sucedería. Pero la idea de que pudiera suceder hizo que el rubor se le extendiera desde el cuello hasta la raíz del pelo.

—A Shelby no le gustaría.

—No. Shelby no come carbohidratos.

—Me refería a que yo cocine para ti.

Mark guardó silencio y se limitó a mirar por la ventana con expresión distraída. ¿Estaría pensando en Shelby? ¿Estaría emocionado porque pronto iba a verla?

—¿Con qué los acompañarías? —le preguntó Mark al cabo de un momento.

La sonrisa de Maggie se convirtió en otra carcajada.

—Lo serviría como plato principal acompañado de espárragos a la plancha y tal vez de una ensalada de rúcula y tomate. —Tenía la sensación de que había pasado una eternidad desde la última vez que cocinó algo más elaborado que las comidas sencillas que se preparaba para ella, ya que cocinar para una sola persona no merecía la pena—. Me encanta cocinar.

—Ya tenemos algo en común.

—¿También te encanta cocinar?

—No, me encanta comer.

—¿Quién cocina en tu casa?

—Mi hermano Sam y yo nos turnamos. A los dos se nos da fatal.

—Tengo que preguntártelo: ¿cómo es que os decidisteis a criar juntos a Holly?

—Sabía que yo no podría hacerlo solo. Pero no había nadie más dispuesto y era incapaz de dejar a Holly en un hogar de acogida. Así que pinché la conciencia de Sam hasta que accedió a ayudarme.

—¿Te arrepientes?

Mark negó con la cabeza sin pensárselo siquiera.

—Perder a mi hermana ha sido lo peor que me ha pasado, pero tener a Holly en mi vida es lo mejor. Sam te diría lo mismo.

—¿Ha sido como esperabas que fuera?

—No sabía qué esperar. Aprendemos a vivir día a día. Hay momentos geniales... como la primera vez que Holly pescó un pez en el lago Egg o la mañana en que Sam y ella decidieron construir una torre de plátanos y malvaviscos para desayunar... Deberías haber visto la cocina. Pero hay otros momentos, como cuando salimos y vemos a una familia... —Titubeó—. En esos momentos lo veo en la cara de Holly, veo que se pregunta cómo sería tener una familia.

—Sois una familia —le recordó ella.

—¿Dos tíos y una niña?

—Sí, eso es una familia.

Mientras seguían hablando adquirieron de alguna

forma el ritmo agradable y cómodo de una conversación entre dos buenos amigos, cada cual dejando correr el asunto cuando lo creía conveniente.

Maggie le habló de lo que se sentía al crecer en una familia numerosa, de las interminables competiciones por el agua caliente, por recibir atención, por disfrutar de intimidad. Pero pese a las peleas y a la rivalidad, habían gozado de cariño y felicidad, y se habían cuidado los unos a los otros. Cuando Maggie estaba en cuarto curso, ya sabía preparar la cena para diez personas. Sólo había usado ropa heredada de sus hermanos y no le había importado en lo más mínimo. Lo único que le había molestado era que las cosas se perdieran o se rompieran.

—Llegas a un punto en el que no puedes dejar que te afecte —dijo—. Así que desde que era muy pequeña adopté una mentalidad muy budista acerca de mis juguetes y no les tomé demasiado cariño. Se me da bien eso de desprenderme de las cosas.

Aunque no se podía decir que Mark hablara por los codos de su familia, sí dejó caer unos cuantos comentarios muy significativos. Según entendió, sus padres habían estado absortos en su guerra matrimonial mientras que sus hijos recibían los daños colaterales. Vacaciones, cumpleaños, reuniones familiares eran los escenarios perfectos para las discusiones rutinarias.

—Dejamos de celebrar la Navidad cuando yo tenía catorce años —le dijo Mark.

Maggie puso los ojos como platos.

—¿Por qué?

—Todo comenzó por una pulsera que mi madre vio en el escaparate de una tienda mientras estaba de compras con Victoria. Entraron, mi madre se la probó y le dijo a Vicky que tenía que ser suya. Así que volvieron a casa entusiasmadas y a partir de ese momento sólo hablaba para decir lo mucho que le gustaría que le regalaran esa pulsera por Navidad. Le dio todos los datos a mi padre y se pasaba el día preguntándole si la había comprado, insistiendo para que fuera a por ella porque era una ganga. Y llegó el día de Navidad y no había ni rastro de la pulsera.

—¿Qué le regaló? —preguntó Maggie, fascinada y pasmada.

—No me acuerdo. Una licuadora o algo así. El asunto es que mi madre se cabreó tanto que se negó a que volviéramos a celebrar la Navidad en familia.

—¿No la celebrasteis más?

—Ajá. Creo que llevaba un tiempo buscando una excusa y eso le dio pie. Y supuso un alivio para todos. A partir de ese momento cada uno celebraba la Navidad por su lado, la pasábamos en casas de amigos, íbamos al cine o hacíamos cualquier otra cosa. —Al ver la expresión de Maggie, se sintió obligado a añadir—: Era estupendo. Las Navidades nunca significaron para nosotros lo que debían significar. Pero lo más raro de todo es que Victoria se sentía tan mal por todo el asunto que nos dio la tabarra a Sam, a Alex y a mí hasta que reunimos el dinero entre todos y le compramos la pulsera a mi madre por su cumpleaños. Tuvimos que trabajar y ahorrar para comprársela, y Victoria se la envolvió en un papel muy elegante con un lazo. Y cuando mi madre lo abrió, todos esperábamos que se llevara las manos a la cabeza o que se pusiera a llorar de la alegría, algo por el estilo. Pero en vez de eso... fue como si no se acordara de la pulsera. Dijo: «¡Qué bonita!» y «Gracias», y se acabó. Ni siquiera recuerdo habérsela visto puesta.

—Porque, en realidad, no se trataba de la pulsera.

—Sí. —La miró con expresión alucinada—. ¿Cómo lo has adivinado?

—Cuando las parejas discuten, siempre hay una razón oculta que no tiene nada que ver con lo que haya sucedido en el momento concreto de la discusión.

—Pues cuando yo discuto con alguien, siempre es por algo que ha sucedido en ese momento. Soy así de superficial.

—¿Sobre qué discutís Shelby y tú?

—No discutimos.

—¿Nunca discutís? ¿Por nada?

—¿Es malo?

—No, no, claro que no.

—Crees que es malo.

—Bueno... depende del motivo. ¿No hay discusiones porque da la casualidad de que estáis de acuerdo absolutamente en todo? ¿O es porque ninguno de los dos está realmente volcado en la relación?

Mark meditó sus palabras.

—Voy a discutir con ella en cuanto llegue a Seattle y así lo sabré.

—No lo hagas, por favor —le suplicó con una sonrisa.

Aunque parecía que apenas llevaban hablando diez o quince minutos, Maggie acabó por darse cuenta de que los demás pasajeros estaban recogiendo sus pertenencias y preparándose para desembarcar en Anacortes. El ferry estaba cruzando el estrecho de Rosario. El lúgubre aullido de la sirena hizo que se percatara con irritación de que había transcurrido una hora y media con una velocidad vertiginosa. Tuvo la sensación de estar saliendo de una especie de trance. Y se dijo que ese trayecto en ferry había sido lo más divertido que había hecho en meses. Tal vez en años.

Mark se puso en pie y la miró con una irresistible sonrisa torcida.

—Una cosa... —Su voz ronca le provocó a Maggie un agradable escalofrío en el cuello—. ¿Vas a volver en el ferry del domingo por la tarde?

Lo imitó y se puso en pie, demasiado consciente de su presencia y deseando empaparse de todos los detalles de su persona: la calidez que irradiaba su piel por debajo del polo de algodón; el punto donde esos mechones oscuros, relucientes como el satén, se rizaban ligeramente al rozar la piel bronceada de su cuello...

—Es posible —le contestó.

—¿Volverás en el de las tres menos cuarto o en el de las cuatro y media?

—Todavía no lo sé.

Mark asintió y dejó de insistir.

Cuando se marchó, Maggie fue consciente de una especie de alegría muy inquietante teñida por cierto anhelo. Se recordó que Mark Nolan estaba vedado. Y que ella también lo estaba. No sólo desconfiaba de la intensa atracción que sentía por él, sino que además no estaba preparada para el tipo de riesgo que él representaba.

Nunca estaría preparada.

Algunos riesgos sólo se podían correr una vez en la vida.

5

Puesto que habían crecido en el vecindario de Edgemoor, en Bellingham, Maggie y sus hermanos habían explorado todos los caminos del monte Chuckanut y habían jugado en las playas de la bahía de Bellingham. La zona, un lugar muy tranquilo, ofrecía vistas de las islas San Juan y de las montañas canadienses. Además, estaba muy cerca de Fairhaven, con sus tiendas exclusivas y sus galerías de arte, con esos restaurantes donde los camareros explicaban a los comensales las delicias de las piezas de caza o pesca más frescas y su procedencia.

Bellingham tenía fama de ser una ciudad de pocas emociones y se enorgullecía de ello. Era un lugar tranquilo y acogedor. El tipo de ciudad donde la gente podía ser todo lo excéntrica que le apeteciera sin temor a que le dieran la espalda. Los coches estaban cubiertos de pegatinas de todos los colores. En los jardines, brotaban los carteles políticos de diversas ideologías cual bulbos primaverales florecidos. Se toleraban todas las ideologías siempre y cuando no se expusieran de modo agresivo.

Después de que Jill, una de sus hermanas, la recogiera en Anacortes, fueron a almorzar a Fairhaven District, el barrio histórico. Puesto que Maggie y Jill eran las más pequeñas de la familia y sólo se llevaban un año y medio de edad, siempre habían estado muy unidas. En el colegio, sólo las separaba un curso, iban a los mismos campamentos de verano y se enamoraron de los mismos ídolos en la adolescencia. Jill fue la dama de honor en la boda de Maggie, y le había pedido a ésta que lo fuera en la suya, que se celebraría en breve. Iba a casarse con un bombero de la localidad llamado Danny Stroud.

—Me alegro de poder disfrutar de un ratito a solas —dijo Jill mientras se tomaban unas tapas en Flats, un restaurante español con inmensos ventanales de increíbles vistas y un patio chiquitín adornado con muchas flores—. En cuanto lleguemos a casa de papá y mamá, todos te rodearán y ya no podré hablar contigo. Pero mañana por la noche tendrás que dedicarme un poco de tiempo porque voy a presentarte a alguien.

Maggie dejó a medio camino el vaso de sangría que iba a llevarse a los labios.

—¿A quién? —preguntó con recelo—. ¿Por qué?

—Es un amigo de Danny —contestó Jill a la ligera—. Un tío monísimo, muy dulce y...

—¿Has quedado con él a mis espaldas?

—No, antes quería mencionártelo, pero...

—Me alegro. Porque no quiero conocerlo.

—¿Por qué? ¿Estás saliendo con alguien?

—Jill, ¿se te ha olvidado por qué he venido a Bellingham este fin de semana? Es el segundo aniversario de la muerte de Eddie. Lo último que me apetece es conocer a un tío.

—He pensado que sería el momento perfecto. Han pasado dos años. Estoy segura de que no has salido con nadie desde que Eddie murió, ¿verdad?

—Todavía no estoy preparada.

La camarera interrumpió la conversación cuando les llevó un bocadillo bayona, consistente en una salchicha asada, pimientos y queso, todo ello entre dos lonchas de crujiente pan rústico. Siempre lo servían cortado en tres trozos, y el del centro era el más apetitoso porque en él el queso estaba más derretido.

—¿Cómo sabrás que estás preparada? —le preguntó Jill después de que la camarera se marchara—. ¿Tienes un temporizador que te avise o algo?

Maggie la miró con una mezcla de cariño y exasperación mientras cogía el bocadillo.

—Conozco a un montón de tíos guapos y solteros en la ciudad —siguió su hermana—. Podría concertarte una cita sin problemas. Pero insistes en esconderte en Friday Harbor. Al menos, podrías haber abierto un bar o una tienda de artículos deportivos donde pudieras conocer hombres. ¿Crees que vas a conseguirlo en una juguetería?

—Adoro mi tienda. Adoro Friday Harbor.

—Pero ¿eres feliz?

—Lo soy —contestó Maggie con gesto reflexivo después de probar el delicioso bocadillo—. De verdad que estoy bien.

—Me alegro, porque ha llegado el momento de que sigas con tu vida. Sólo tienes veintiocho años y deberías abrirte a la posibilidad de conocer a alguien.

—No quiero verme obligada a tener que repetir el proceso otra vez. Las posibilidades de encontrar el amor verdadero son de una entre mil millones. Ya lo encontré una vez, así que es imposible que vuelva a suceder.

—¿Sabes lo que necesitas? Un novio provisional.

—¿Provisional?

—Sí, como un carnet de conducir provisional que te permita mejorar tus habilidades al volante antes de conseguir el definitivo. No pienses en encontrar a un tío con el que puedas mantener una relación seria. Limítate a elegir a alguien divertido con quien puedas volver a circular.

—Supongo que eso equivaldría a ser un conductor menor de dieciocho años —replicó Maggie, siguiendo la broma—. ¿Necesito que me acompañe un adulto o puedo conducir sola?

—Desde luego que puedes, siempre y cuando lo hagas con precaución.

Después del almuerzo, realizaron una parada en Rocket Donuts por insistencia de Maggie. Pidió una selección variada que incluía algunos bollos alargados cubiertos con azúcar glasé caramelizado y crujientes tiras de beicon, otros con trocitos de galletas Oreo y unos cuantos bañados de chocolate.

—Son para papá, claro —dijo Jill.

—Ajá.

—Mamá va a matarte —le advirtió su hermana—. Está intentando que le baje el colesterol.

—Lo sé. Pero me mandó un mensaje esta mañana suplicándome que llevara una caja.

—Maggie, lo consientes demasiado.

—Lo sé, por eso me quiere más que a vosotros.

El largo camino de acceso a la casa estaba ocupado por seis o siete coches y el jardín se encontraba atestado de niños. Algunos se acercaron corriendo a Maggie, entre ellos uno que le enseñó orgulloso que se le había caído un diente mientras otro intentaba convencerla de que jugara con ellos al escondite. Entre carcajadas, les prometió que jugaría más tarde.

Nada más entrar en casa, se dirigió a la cocina, donde su madre y algunos de sus hermanos se afanaban preparando la comida. Le dio un beso a su madre, una mujer voluptuosa, pero no gorda, con una melena corta canosa y un cutis envidiable que no necesitaba de maquillaje. Llevaba un delantal que proclamaba: «Lo he visto, oído y hecho todo. Pero no recuerdo nada.»

—Eso no será para tu padre, ¿verdad? —le preguntó su madre, que miró la caja de donuts con severidad.

—Está lleno de palitos de apio y zanahoria —contestó Maggie—. La caja es para engañar.

—Tu padre está en el salón. Hemos instalado un sistema de sonido envolvente y desde entonces no se despega del televisor. Dice que ahora los disparos suenan como los de verdad.

—Si eso es lo que quería, podías haberlo llevado a Tacoma —comentó uno de sus hermanos.

Maggie sonrió mientras iba hacia el salón.

Su padre estaba sentado en uno de los rincones de un mullidísimo sofá con un bebé dormido en el regazo. Al verla entrar, sus ojos volaron hacia la caja que llevaba en los brazos.

—Mi hija preferida —dijo.

—Hola, papá. —Maggie se inclinó para darle un beso en la cabeza y le colocó la caja en las piernas.

Su padre la abrió, ojeó el contenido hasta localizar un bollo con beicon y sirope de arce y procedió a devorarlo como si supiera a gloria bendita.

—Siéntate conmigo. Y coge al bebé. Necesito las dos manos para esto.

Maggie se colocó con cuidado la cabecita del bebé dormido en el hombro.

—¿De quién es? —quiso saber—. No lo reconozco.

—No tengo ni idea. Alguien me lo ha dejado en brazos.

—¿Es uno de tus nietos?

—Es posible.

Maggie contestó sus preguntas sobre la tienda, sobre los últimos acontecimientos que habían sucedido en Friday Harbor y sobre si había conocido a alguien interesante recientemente. Titubeó lo justo para que su padre la mirara con un brillo interesado en los ojos.

—Ajá. ¿Quién es y a qué se dedica?

—Qué va, si no... no es nadie. Está pillado. He estado hablando con él durante el trayecto en el ferry. —Notó que el bebé se movía y le colocó la mano en la espalda para tranquilizarlo con sus caricias—. Creo que he tonteado con él sin proponérmelo.

—¿Eso es malo?

—Quizá no, pero hace que me pregunte... ¿cómo sabré si estoy preparada para volver a salir con un hombre?

—Yo diría que es una buena señal que hayas tonteado con él sin proponértelo.

—No sé, es un poco raro. Me sentí atraída por él y eso que no se parece a Eddie en absoluto.

Antes de caer enfermo, Eddie era un hombre alegre, gracioso y divertido. El hombre con el que había compartido el trayecto en el ferry era sombrío, serio y reservado, y parecía poseer una personalidad muy intensa. Como había sido incapaz de detener su imaginación, en el rincón más profundo de su mente se había preguntado cómo serían las relaciones físicas con él. La respuesta había sido tan explosiva que la simple posibilidad la había asustado. Sin embargo, eso formaba parte de su atractivo. Recordaba haberse sentido atraída por Eddie precisamente porque a su lado parecía estar segura. No obstante, acababa de descubrir que deseaba a Mark Nolan justo por lo contrario.

Inclinó la cabeza para darle un beso al bebé. Parecía muy vulnerable y, sin embargo, notaba la solidez de su cuerpecito. Su piel era increíblemente suave y estaba un poco húmeda por el sudor. Recordó de forma fugaz un momento que tuvo lugar durante los últimos días de la vida de Eddie, cuando sumida en la desesperación deseó haber tenido un hijo con él. Para poder conservar una parte suya cuando se fuera.

—Cariño —oyó que le decía su padre—, no he pasado por todo lo que tú pasaste con Eddie. No sé cuándo acaba el proceso del dolor, ni cómo sabes cuándo estás lista para seguir adelante. Pero sí estoy seguro de algo: el próximo hombre de tu vida será distinto.

—Lo sé. Ya lo sabía. Creo que lo que me tiene preocupada es la certeza de que yo he cambiado.

Su padre la miró con los ojos como platos, como si el comentario lo hubiera sorprendido.

—Por supuesto que has cambiado. ¿Cómo no ibas a hacerlo?

—Pero es que en parte no quiero cambiar. En parte quiero seguir siendo la misma persona que era cuando estaba con Eddie. —Guardó silencio al ver la expresión de su padre—. ¿Te parece muy descabellado? ¿Necesito terapia o algo?

—Creo que lo que necesitas es una cita con alguien. Ponerte un vestido bonito y que te inviten a una opípara cena. Despedirte con un beso de buenas noches.

—Pero en cuanto deje de ser la viuda de Eddie, ¿cómo voy a recordarlo? Será como perderlo de nuevo.

—Cielo —le dijo su padre con voz suave y serena—, aprendiste muchísimo de Eddie. Todo eso que te hizo ser mejor persona... ésa será tu forma de recordarlo. Jamás lo olvidaremos.

—Lo siento —dijo Shelby mientras aceptaba la taza de té que le ofreció Mark. Estaba acurrucada en el sofá, vestida con ropa cómoda de color gris e iba a añadir algo más cuando la sorprendió un repentino estornudo.

—No pasa nada —le aseguró Mark, que se sentó a su lado.

Shelby sacó un pañuelo de papel de una caja para sonarse la nariz.

—Espero que sólo sea un episodio de alergia y que no haya pillado nada grave. No hace falta que te quedes conmigo. Ponte a salvo de un posible contagio.

Mark le sonrió.

—Unos cuantos gérmenes no me asustan. —Abrió un bote de pastillas para el resfriado y le ofreció dos.

Shelby cogió la botella de agua que descansaba en la mesa, se tragó las pastillas y puso cara de asco.

—Habíamos planeado una fiesta genial —protestó—. Janya tiene un apartamento increíble en Seattle, y yo estaba deseando presumir de pareja delante de todos.

—Ya presumirás otro día —dijo Mark mientras la arropaba con una manta—. De momento, concéntrate en ponerte mejor. Seré bueno y te dejaré el mando a distancia.

—Eres un sol. —Shelby suspiró, se apoyó en él y se sonó otra vez la nariz—. Nuestro fin de semana sensual se ha ido al traste.

—Nuestra relación va más allá del sexo.

—Me alegro de que digas eso. —Guardó silencio un momento y añadió—: Es la número tres en la lista.

Mark estaba pasando los canales de televisión con el mando.

—¿En qué lista?

—Creo que no debería decírtelo. Pero hace poco leí una lista con las cinco señales que indican que un hombre está listo para la palabra que empieza por «c».

Mark dejó lo que estaba haciendo.

—¿Qué palabra? —preguntó, extrañado.

—Compromiso. Y, de momento, ya has hecho tres de las cosas que la lista asegura que hacen los hombres cuando están listos para comprometerse.

—¿Ah, sí? —replicó con cautela—. ¿Cuál es la número uno?

—Perder el interés en bares y pubs.

—La verdad es que nunca me han gustado mucho que digamos.

—La segunda es la disposición a conocer a la familia y a los amigos. La tercera, acabas de decir que nuestra relación es algo más que un alivio sexual.

—¿Y la cuarta y la quinta?

—No puedo decírtelo.

—¿Por qué no?

—Porque si te lo digo, a lo mejor no lo haces.

Mark sonrió y le pasó el mando a distancia.

—En fin, pues avísame cuando lo haga. No me gustaría perdérmelo. —La abrazó mientras ella buscaba alguna película en los canales de pago.

Los silencios entre ellos solían ser cómodos. Sin embargo, ése fue tenso, interrogante. Mark era consciente de que Shelby acababa de darle pie para avanzar en la relación. Era consciente de que estaba ansiosa por extender los límites de su relación y por discutir qué dirección iban a tomar.

Aunque pareciera irónico, él también había pensado tratar el tema durante el fin de semana. Tenía todos los motivos del mundo para comprometerse con Shelby y para decirle que sus intenciones eran serias. Porque era cierto.

Si el matrimonio con ella iba a desarrollarse en la misma tónica que su relación actual, estaba dispuesto a firmar sin pensárselo. No había locuras, ni gritos, ni peleas. Sus expectativas generales eran razonables. No creía en el destino ni en el amor predestinado. Quería una mujer agradable y normal, como Shelby, con quien las sorpresas serían mínimas. Con quien existía compañerismo.

Formarían una familia. Por Holly.

—Shelby —dijo, pero tuvo que carraspear para aclararse la garganta antes de seguir—, ¿qué opinas de tener una relación exclusiva?

Ella volvió la cabeza, que tenía apoyada en uno de sus brazos, para mirarlo.

—¿Te refieres a tener una relación de pareja de verdad? ¿A no quedar con terceras personas?

—Sí.

Shelby esbozó una sonrisa satisfecha.

—Acabas de hacer la cuarta cosa de la lista —dijo, acurrucándose contra él.

6

Como cualquier persona familiarizada con la línea de ferry estatal de Washington, sabía que los retrasos en los ferris podían deberse a un sinfín de razones, entre las que se incluía el mal estado de la mar, la marea baja, los accidentes en el embarque de coches, una emergencia médica o los problemas de mantenimiento. Por desgracia, estaban anunciando «reparaciones necesarias para la seguridad de la embarcación» como motivo para retrasar la salida el domingo por la tarde.

Dado que había llegado una hora antes para conseguir un lugar decente en la extensa zona de aparcamiento cercana al muelle de atraque del ferry, Mark se quedó con mucho tiempo libre. La gente bajaba de sus coches, sacaba a pasear a sus perros o iba a la terminal en busca de refrescos o de algo que leer. El cielo estaba nublado y había niebla, y de vez en cuando incluso chispeaba.

Inquieto y molesto, se encaminó a la terminal. Estaba muerto de hambre. Shelby no había querido salir a desayunar esa mañana y en su casa sólo tenía cereales.

Había pasado un buen fin de semana con ella. Se habían quedado en casa, habían hablado, habían visto algunas películas y el sábado por la noche habían pedido la comida en un chino.

El viento soplaba desde el estrecho de Rosario, llevando consigo el olor salado y limpio del mar que se le colaba por el cuello de la chaqueta como unos dedos helados. Sintió un escalofrío en la nuca. Aspiró el aroma marino, deseando estar en casa, deseando... algo.

Al entrar en la terminal, se dirigió hacia la cafetería y vio a una mujer arrastrando un macuto hacia una máquina expendedora cercana. Esbozó una sonrisa al ver esa melena pelirroja.

Maggie Conroy.

Había estado pensando en ella todo el fin de semana. Cuando menos se lo esperaba, se descubría preguntándose cuándo volvería a verla o cómo. La curiosidad que le despertaba era insaciable. ¿Qué le gustaría desayunar? ¿Tendría alguna mascota? ¿Le gustaba nadar? Cada vez que intentaba desterrar esas preguntas, su curiosidad por aquello que ignoraba las hacía recurrentes.

Se acercó a ella por un costado y se percató de que estaba mirando el contenido de la máquina expendedora con el ceño fruncido. Al darse cuenta de su presencia, Maggie lo miró. La alegre y vivaracha energía que recordaba había sido reemplazada por una vulnerabilidad que le atravesó el corazón. La intensidad de su reacción lo pilló desprevenido.

¿Qué le había sucedido durante el fin de semana? Maggie había estado con su familia. ¿Habían discutido? ¿Había surgido algún problema?

—Ni se te ocurra comerte eso —le dijo al tiempo que señalaba con la cabeza la oferta de comida basura.

—¿Por qué no?

—Ni uno solo de esos productos tiene fecha de caducidad.

Maggie examinó los paquetes como si quisiera verificar sus palabras.

—Es una leyenda que las Panteras Rosas duran eternamente —dijo—. Tienen una vida útil de veinticinco días.

—En mi casa tienen una vida útil de unos tres minutos. —La miró a los ojos—. ¿Puedo invitarte a comer? Tenemos dos horas como mínimo, según el operario del ferry.

Se produjo un largo silencio mientras se lo pensaba.

—¿Quieres comer aquí? —acabó preguntándole.

Mark negó con la cabeza.

—Hay un restaurante aquí al lado. A dos minutos andando. Podemos dejar tu macuto en mi coche.

—No hay nada de malo en comer —dijo Maggie, como si necesitara convencerse de ello.

—Yo lo hago casi todos los días. —Extendió la mano para coger el macuto—. Deja que te lo lleve.

Maggie lo siguió al exterior del edificio.

—Me refería a que no hay nada de malo en que comamos. Los dos juntos. En la misma mesa.

—Si quieres, podemos comer en mesas separadas.

Maggie contuvo una carcajada.

—Nos sentaremos a la misma mesa —repitió con firmeza—, pero nada de hablar. —Mientras caminaban por la carretera, la niebla se convirtió en llovizna y el aire, en una masa blanca y húmeda—. Es como atravesar una nube —dijo mientras tomaba una honda bocanada de aire—. Cuando era pequeña, creía que las nubes tenían un sabor maravilloso. Un día incluso pedí un cuenco de nubes como postre. Mi madre me puso un poco de nata montada en un plato. —Sonrió—. Y estaban tan buenas como siempre había imaginado.

—Pero ¿no te diste cuenta de que sólo era nata montada? —le preguntó, fascinado al ver que la niebla le rizaba los mechones que le enmarcaban la cara.

—Claro que sí. Pero eso daba igual... lo importante era la idea.

—No sé muy bien dónde trazar los límites para Holly —dijo Mark—. En la misma clase donde le enseñan que los dinosaurios existieron de verdad, también están escribiendo cartas a Papá Noel. ¿Cómo le explico lo que es real y lo que no lo es?

—¿Te ha preguntado ya por Papá Noel?

—Sí.

—¿Y qué le has dicho?

—Que todavía no estaba seguro de una cosa o de la otra, pero que mucha gente cree en él y que no pasa nada si ella también quiere hacerlo.

—Una respuesta estupenda —le aseguró Maggie—. La imaginación y la fantasía son importantes para los niños. De hecho, los niños que son capaces de usar su imaginación saben distinguir mejor lo que es fantasía de lo que es realidad que aquellos que no lo son.

—¿Quién te ha dicho eso? ¿El hada que vive en tu pared?

Maggie sonrió.

—Listillo —dijo—. No, Trébol no me lo ha dicho. Leo mucho. Me interesa todo lo que tenga que ver con niños.

—Tengo que aprender más. —La voz de Mark adquirió un matiz tristón—. Me estoy rompiendo los cuernos para no arruinarle a Holly lo que le queda de infancia.

—Por lo que he visto, creo que lo estás haciendo bien.

Llevada por un impulso, Maggie le cogió la mano y le dio un ligero apretón para tranquilizarlo y ofrecerle un poco de consuelo. Mark estaba convencido de que así debía interpretar el gesto. Pero en ese momento le rodeó los dedos con los suyos y convirtió el contacto espontáneo en algo más. En algo íntimo. Posesivo.

Maggie aflojó los dedos. Mark sintió su indecisión como si fuera propia, así como el involuntario placer que ella experimentaba por lo bien que encajaban sus manos.

La caricia de piel contra piel, una cosa normal y corriente. Sin embargo, había puesto su mundo patas arriba. No sabía hasta qué punto la reacción que ella le provocaba era física y hasta qué punto era... algo más. Las emociones se mezclaban entre sí formando algo nuevo y visceral.

Maggie se soltó de repente.

Sin embargo, él seguía sintiendo la impronta de sus dedos, como si su piel hubiera comenzado a absorberla.

Ninguno de los dos habló cuando entraron en el restaurante, cuyo interior estaba decorado con madera oscura, muebles desgastados y un papel pintado de diseño indefinido. El aire olía a comida, alcohol y moqueta algo enmohecida. Era uno de esos restaurantes que sin duda se habían abierto con buenas intenciones, pero que había acabado cediendo a la inevitabilidad del trasiego de turistas y había rebajado el estándar de calidad. Aun así, parecía un lugar decente donde matar el tiempo y tenía buenas vistas del estrecho.

Una camarera con aire cansado se acercó a tomarles nota de las bebidas. Aunque Mark solía beber cerveza, se pidió un whisky. Maggie pidió una copa de tinto de la casa, pero después cambió de opinión.

—No, espera —dijo—. Otro whisky para mí.

—¿Solo? —preguntó la camarera.

Maggie lo miró con expresión interrogante.

—Para ella un combinado de whisky sour —dijo, y la camarera asintió con la cabeza y se marchó.

A esas alturas, el pelo de Maggie había recuperado los exuberantes rizos por culpa de la humedad. Si no tenía cuidado, se obsesionaría con ellos. Estaba claro que cualquier intento por su parte de luchar contra la atracción que sentía por ella estaba condenado al fracaso. Tenía la sensación de que todo lo que le gustaba en una mujer, incluidas cualidades que ni siquiera se había dado cuenta de que le gustaban, estaba reunido en un único y perfecto paquete.

Antes de que la camarera se fuera, Mark le pidió prestado un bolígrafo, y la mujer le dio el que tenía en la mano.

Maggie observó con las cejas ligeramente enarcadas cómo escribía algo en una servilleta de papel que después le dio.

«¿Qué tal el fin de semana?»

Maggie esbozó una sonrisa.

—No tenemos que ceñirnos a la regla de no hablar —le dijo. Soltó la servilleta y lo miró mientras la sonrisa desaparecía. Se le escapó un corto suspiro, como si acabara de correr cien metros—. La verdad es que no lo sé. —Hizo una mueca y puso las palmas hacia arriba, como si quisiera indicar que el asunto era complicadísimo e irremediable—. ¿Qué tal el tuyo?

—Tampoco lo sé.

La camarera regresó con las bebidas y les tomó

nota de lo que iban a comer. En cuanto se marchó, Maggie probó el cóctel.

—¿Te gusta? —le preguntó él.

Maggie asintió y se lamió los restos salados que se le habían quedado en el labio inferior, con una delicada pasada de su lengua que hizo que a Mark se le acelerara el pulso.

—Háblame de tu fin de semana.

—El sábado fue el segundo aniversario de la muerte de mi marido. —Los ojos oscuros de Maggie lo miraron por encima del vaso—. No quería estar sola. Pensé en visitar a sus padres, pero... él era lo único que teníamos en común, así que... al final me quedé con mi familia. He estado rodeada por un montón de gente todo el fin de semana, pero me sentía sola. Cosa que no tiene sentido.

—No —replicó en voz baja—. Yo lo entiendo perfectamente.

—El segundo aniversario ha sido distinto al primero. El primero... —Meneó la cabeza y volvió a gesticular con las manos, como para desterrar el pensamiento—. El segundo... ha hecho que sea consciente de que hay días en los que me olvido de pensar en él. Y eso hace que me sienta culpable.

—¿Qué diría tu marido al respecto?

Con una sonrisa titubeante, Maggie clavó la mirada en su cóctel. Y por un instante Mark se sintió escandalosamente celoso del hombre capaz de arrancarle una sonrisa a esa mujer.

—Eddie me diría que no me sintiera culpable —contestó ella—. Intentaría hacerme reír.

—¿Cómo era?

Maggie bebió otro sorbo antes de contestar:

—Era un optimista. Siempre le encontraba el lado positivo a todo. Incluso al cáncer.

—Yo soy un pesimista —dijo—. Con algún que otro lapso de optimismo.

Maggie volvió a sonreír.

—Me gustan los pesimistas. Son los que siempre llevan el chaleco salvavidas. —Cerró los ojos—. Ah, ya se me está subiendo a la cabeza.

—No te preocupes. Me encargaré de que embarques sin problemas.

Maggie movió la mano por encima de la mesa y rozó con el dorso sus dedos medio encogidos, en un gesto titubeante que Mark no supo cómo interpretar.

—Este fin de semana he hablado con mi padre —dijo—. Nunca ha sido de esa clase de padres que te dice lo que tienes que hacer; de hecho, creo que me habría ido mejor con un poco más de control paterno mientras crecía. Pero me ha dicho que debería empezar a tener citas. Citas. Ya ni siquiera se llaman así.

—¿Y cómo se llama?

—Supongo que la gente dice que ha quedado con alguien. ¿Qué sueles decirle a Shelby cuando quieres pasar el fin de semana con ella?

—Le pregunto si puedo pasar el fin de semana con

ella. —Giró la mano, extendiendo los dedos—. ¿Y vas a seguir el consejo de tu padre?

Maggie asintió con la cabeza a regañadientes.

—Nunca me ha gustado el proceso —dijo con convicción y la vista clavada en la bebida—. Conocer a gente nueva, la incomodidad, la desesperación de tener que pasar con alguien toda una noche cuando a los cinco minutos de conocerlo ya sabes que es un capullo... Ojalá fuera como las citas rápidas y se pudiera pasar al siguiente al cabo de cinco minutos. Lo peor es quedarse sin tema de conversación por las dos partes.

Sin darse cuenta, Maggie había comenzado a jugar con su mano, recorriendo lentamente los recovecos de sus dedos. Mark experimentó el placer de sus caricias por todo el brazo, como si sus terminaciones nerviosas fueran las cuerdas de una guitarra que vibraran al unísono.

—No te veo quedándote sin temas de conversación —comentó.

—Pues me pasa. Sobre todo cuando la persona con la que estoy hablando es demasiado agradable. En una buena conversación siempre salen a relucir las quejas. Me gusta estrechar lazos comentando odios compartidos y quejas insignificantes.

—¿Cuál es tu mayor queja insignificante?

—Llamar al servicio de atención al cliente y no poder hablar con una persona de carne y hueso.

—Odio cuando los camareros intentan memorizar

un pedido en vez de anotarlo directamente. Porque muy pocas veces atinan. Y aunque lo hagan, me pongo de los nervios hasta que veo la comida en la mesa.

—Yo odio que la gente hable a gritos por el móvil.

—Y yo eso de «Sin ánimo de ofender». No tiene sentido.

—Yo lo digo de vez en cuando.

—Pues no lo digas. Me cabrea muchísimo.

Maggie sonrió. Después, al darse cuenta de que estaba jugueteando con sus dedos, se ruborizó y apartó la mano.

—¿Shelby es agradable?

—Sí. Pero lo llevo bastante bien. —Cogió su vaso de whisky y lo apuró de un solo trago—. Tengo una teoría acerca de conocer a gente nueva, según la cual lo mejor es no causar una buena impresión la primera vez. Porque a partir de ahí todo va cuesta abajo. Siempre hay que estar a la altura de esa primera impresión, que a fin de cuentas no es más que una ilusión.

—Sí, pero si no causas una buena impresión, a lo mejor no tienes la oportunidad de repetir la experiencia.

—Soy un soltero con un empleo fijo —le recordó—. Siempre consigo repetir la experiencia.

Maggie soltó una carcajada.

La camarera les llevó la comida y recogió los vasos vacíos.

—¿Otra ronda?

—Ojalá pudiera —contestó Maggie con tristeza—, pero no puedo.

—¿Por qué no? —quiso saber Mark.

—Estoy medio borracha. —Para demostrarlo, se puso bizca.

—Sólo hay que parar cuando se está borracho del todo —replicó él al tiempo que le hacía un gesto a la camarera—. Otra ronda.

—¿Quieres emborracharme? —le preguntó Maggie en cuanto se fue la camarera, mirándolo con recelo.

—Sí. Mi plan es emborracharte para hacerte después lo que me dé la gana en un asiento del ferry. —Le pasó un vaso de agua por encima de la mesa—. Bébete esto antes de comenzar con el siguiente.

Mientras Maggie bebía agua, Mark le habló de su fin de semana con Shelby y de la lista sobre las cosas que hacía un hombre cuando estaba preparado para el compromiso.

—Pero se negó a decirme qué ocupaba el quinto puesto —dijo—. ¿Sabes lo que es?

Maggie empezó a darle vueltas a las posibilidades mientras su cara adoptaba una serie de expresiones adorables: fruncía la nariz, bizqueaba o se mordía el labio inferior.

—¿Estar dispuesto a buscar casa? —sugirió—. ¿Hablar de la posibilidad de tener hijos?

—¡Por Dios! —Hizo una mueca al pensar en esa posibilidad—. Ya tengo a Holly. De momento, es más que suficiente.

—¿Y más adelante?

—No lo sé. Quiero asegurarme de que lo he hecho bien con Holly antes de pensar siquiera en tener hijos.

Maggie lo miró con expresión comprensiva.

—La vida te ha cambiado muchísimo, ¿verdad?

Mark buscó las palabras adecuadas para describirlo, aunque el deseo de conectar con Maggie lo incomodaba mucho. Nunca había sido de los que confiaban en los demás, nunca lo había creído necesario. Provocar la compasión de los demás era casi como dar lástima, y a sus ojos ése era un destino peor que la muerte. Sin embargo, Maggie tenía un don para hacer preguntas de un modo que lo hacían querer contestar.

—Ahora lo veo todo desde otra perspectiva —contestó—. Empiezo a pensar en la clase de mundo en el que vivirá. Me preocupan todas las chorradas subliminales que capta a través de la tele, y también si hay cadmio o plomo en sus juguetes... —Hizo una breve pausa—. ¿Querías tener hijos con... él? —De repente, descubrió que no quería pronunciar el nombre de su marido, como si las sílabas fueran separadores invisibles que se interponían entre ellos.

—Hubo un tiempo que sí. Ahora, no. Creo que es uno de los motivos por los que quiero tanto mi tienda, porque es una manera de estar rodeada de niños sin cargar con la responsabilidad.

—A lo mejor cuando te vuelvas a casar...

—Es que no pienso volver a casarme.

Mark ladeó la cabeza a modo de silencioso interrogante, mirándola con detenimiento.

—Ya he pasado por eso —explicó Maggie—, y no me arrepentiré nunca, pero... he tenido bastante con una vez. Eddie luchó contra el cáncer durante año y medio, y me costó la misma vida estar a su lado, ser fuerte. Ya no tengo nada que ofrecerle a otra persona. Puedo estar con alguien, pero no pertenecerle. ¿Tiene sentido lo que digo?

Por primera vez desde que Mark había alcanzado la mayoría de edad, quería abrazar a una mujer sin motivos ulteriores. No lo movía la pasión, sino el deseo de consolarla.

—Tiene sentido si es lo que sientes —respondió en voz baja—. Pero es posible que no sea siempre así.

Terminaron de comer y regresaron a la terminal del ferry bajo una llovizna tan leve que casi se podían ver las gotas de agua suspendidas en el aire. Era como si el cielo los aplastara contra el suelo. El mundo estaba pintado en azul acero y gris claro, de modo que el pelo de Maggie destacaba por su intenso tono rojo, y sus rizos eran como una incitante curva que acababa en un perfecto tirabuzón.

Mark habría dado cualquier cosa por poder juguetear con esos tirabuzones, por poder llenarse las manos con ellos. Mientras caminaban, lo asaltó la tentación de cogerle la mano. Pero un contacto inconsecuente ya no era posible... porque su deseo hacia ella no tenía nada de inconsecuente.

Tal vez se sentía atraído por Maggie por el mero hecho de que acababa de comprometerse con Shelby, de modo que su subconsciente buscaba una manera de escapar...

«Mantén el rumbo —se ordenó—. No te distraigas.»

Su conversación se vio interrumpida un momento, mientras embarcaba el coche en el ferry y buscaban asientos en la cubierta principal de pasajeros. Una vez sentados en el mismo banco, hablaron de todo y de nada en particular. Los ocasionales silencios eran como los interludios tranquilos durante el sexo, cuando uno se quedaba tumbado, bañado en sudor y pletórico de endorfinas.

Estaba intentando por todos los medios no pensar en el sexo con Maggie. No pensar en llevársela a la cama y hacerle lo que le apeteciera, deprisa o despacio, improvisando si era necesario, y después quedarse tumbados y descansar antes de empezar de nuevo. La quería debajo de su cuerpo, encima, rodeándolo. Maggie tendría la piel muy blanca, salpicada por una constelación de lunares. Lunares que catalogaría, que trazaría con los labios y los dedos hasta encontrar todos los mapas secretos, todos los puntos de presión y de placer...

El ferry atracó. Mark se quedó más tiempo del necesario en la cubierta principal de pasajeros, renuente a separarse de Maggie. Fue uno de los últimos en bajar a la zona reservada para los coches. El cielo parecía una paleta de tonos anaranjados y rosados, salpicada de nubes. Como de costumbre, sintió un enorme alivio al regresar a la isla, donde el aire se podía respirar mejor y era más dulce, donde el estrés del continente desaparecía. Los hombros de los pasajeros que esperaban para desembarcar se relajaron de golpe, como si todos hubieran sido reiniciados a la vez.

No podía tardar en ir a buscar el coche o impediría desembarcar a los que tenía detrás, ganándose así la comprensible ira de muchos pasajeros. Sin embargo, cuando miró a Maggie, todo su cuerpo se rebeló contra la idea de dejarla.

—¿Quieres que te deje en algún sitio? —le preguntó.

La vio negar de inmediato con la cabeza, haciendo que sus rizos pelirrojos se agitaran alrededor de sus hombros.

—Tengo el coche aparcado aquí cerca.

—Maggie —dijo con tiento—, algún día podríamos...

—No —lo interrumpió ella con una sonrisa amable y tristona—. No podemos ser amigos. No sacaríamos nada.

Maggie tenía razón.

Lo único que le quedaba por hacer era despedirse de ella, cosa que se le daba muy bien. Sin embargo, en esa ocasión era un tema espinoso. «Nos vemos» o «Cuídate» sonaban demasiado impersonales, demasiado indiferentes. Pero si dejaba entrever lo mucho que había significado esa tarde para él, Maggie no se lo tomaría a bien.

Al final ella resolvió su dilema eliminando la necesidad de una despedida. Sonrió al verlo titubear y le colocó una mano en el pecho, dándole un empujoncito juguetón.

—Vete —le dijo.

Y la obedeció. Se fue sin mirar atrás y bajó la escalerilla de acero mientras sus pasos resonaban por la cubierta. Sentía que el corazón le latía desaforado justo donde ella había colocado la mano. Se metió en el coche, cerró la puerta y se puso el cinturón de seguridad. Mientras esperaba la señal para avanzar, tuvo la irritante y persistente sensación de que acababa de perder algo importante.

7

Con la llegada de octubre, se acabó lo de ir a ver ballenas o a montar en canoa. Aunque los turistas seguían llegando a la isla de San Juan, su número era insignificante comparado con el de los meses estivales. La pregunta más repetida era el origen del nombre de la ciudad. Maggie no tardó en aprenderse de memoria las dos versiones que coexistían en la isla. La preferida por los isleños se basaba en una teoría según la cual la isla obtuvo su nombre por un malentendido en una conversación.

Sin embargo, la isla recibía su nombre de un hawaiano llamado Joseph Friday, que trabajó para la Hudson's Bay Company pastoreando ovejas a unos nueve kilómetros al norte del puerto. Cuando los marineros se acercaban a la costa y veían la columna de humo que se alzaba de su campamento, sabían que habían llegado a la bahía de Friday, de ahí que los británicos acabaran otorgándole ese nombre al lugar.

La isla pasó a dominio estadounidense en 1872, y a partir de ese momento comenzó a florecer la industria. La isla de San Juan se convirtió en la mayor productora de fruta del Noroeste. Además, había compañías madereras y fábricas de conserva de salmón. En la actualidad, la costa estaba atestada de apartamentos de lujo y de tiendas de artesanía, y no había ni rastro de las conserveras ni de las embarcaciones donde se trasladaba la madera. El turismo era el motor económico de la isla, y aunque la temporada alta era el verano, el flujo de visitantes no se detenía en ningún momento del año.

Con el otoño a la vuelta de la esquina y las hojas en pleno estallido de color otoñal, los isleños comenzaron a prepararse para los inminentes días festivos. Se celebrarían numerosos festivales de la cosecha, mercados de productos frescos, catas de vino, exposiciones en las distintas galerías de arte y representaciones teatrales. La tienda de Maggie no parecía acusar un descenso en las ventas, ya que los clientes habituales comenzaron a comprar disfraces y accesorios para Halloween, y algunos incluso adelantaron las compras navideñas. De hecho, acababa de contratar a tiempo parcial a Diane, una de las hijas de Elizabeth, como dependienta.

—Así podrás descansar un poco —le dijo Elizabeth a Maggie—. No te vas a morir si te tomas un día libre, ¿verdad?

—Me lo paso bien trabajando en la tienda.

—Pues pásatelo bien fuera de la tienda —le aconsejó Elizabeth—. Necesitas hablar con alguien que mida más de un metro. —Se le ocurrió una idea—. Deberías ir a disfrutar de un masaje en el spa de Roche Harbor. Tienen un nuevo masajista llamado Theron. Una de mis amigas me ha asegurado que tiene manos de ángel —le comentó al tiempo que meneaba las cejas con un gesto elocuente.

—Si es un hombre, no sé yo si fiarme —replicó Maggie—. En vez de darte un masaje, igual te da un magreo.

—Pues yo concertaba una cita semanal con él, fíjate lo que te digo. Si está soltero, podrías invitarlo a salir.

—No puedes invitar a salir a un masajista —protestó Maggie—. Es como si fueras su paciente y él tu médico.

—Pues yo salí con mi médico —aseguró Elizabeth.

—¿Ah, sí?

—Fui a su consulta y le dije que había decidido cambiar de médico. Eso lo dejó un poco preocupado y me preguntó por qué. Y le dije: «Porque quiero que me invites a cenar el viernes por la noche.»

Maggie abrió los ojos de par en par.

—¿Y te invitó?

Elizabeth asintió con la cabeza.

—Nos casamos seis meses después.

Maggie sonrió.

—Qué historia más bonita.

—Estuvimos juntos cuarenta y un años, hasta que murió.

—Lo siento mucho.

—Era un hombre muy bueno. Me habría gustado pasar más tiempo con él. Pero eso no significa que no pueda divertirme saliendo con mis amigos. Vamos de viaje, nos comunicamos a través del correo electrónico... no sé qué haría sin ellos.

—Yo también tengo muy buenos amigos —dijo Maggie—. Pero todos están casados, y fueron una parte tan importante de mi vida con Eddie que a veces...

—Los recuerdos se interponen —la interrumpió Elizabeth, demostrando así su percepción.

—Exacto.

Elizabeth asintió con la cabeza.

—Tienes una vida nueva. Es bueno que conserves a tus antiguos amigos, pero también te conviene añadir nuevas amistades. A ser posible, que sean solteros. Por cierto, ¿te han presentado ya los Scolari a Sam Nolan?

—¿Y tú qué sabes de eso?

La expresión de la anciana se tornó muy ufana.

—Maggie, vivimos en una isla. Así que las habladurías viajan en círculo. ¿Te lo han presentado ya o no?

Maggie fingió estar ocupada colocando las ramas de lavanda de un jarrón en forma de jarra de leche. La idea de salir con el hermano pequeño de Mark le resultaba intolerable. Cualquier parecido, como la forma de los ojos o su timbre de voz, convertiría la experiencia en un triste mal trago.

Cosa que sería injusta para Sam. Nunca podría apreciar sus virtudes porque siempre estaría buscando aquello que no era.

Más concretamente, siempre tendría presente que no era Mark.

—Ya les he dicho a Brad y a Ellen que ahora mismo no estoy interesada —contestó.

—Pero, Maggie —protestó Elizabeth, preocupada—, Sam Nolan es el muchacho más simpático y agradable del mundo. Además, hace tiempo que no se le conoce novia, porque está muy ocupado con el viñedo. Es productor de vinos. Un romántico. No puedes dejar pasar una oportunidad como ésta.

Maggie le ofreció una sonrisa escéptica.

—¿De verdad crees que este muchacho tan simpático y agradable querrá salir conmigo?

—¿Por qué no iba a querer hacerlo?

—Soy viuda. Tengo un pasado.

—¿Y quién no lo tiene? —Elizabeth chasqueó la lengua a modo de reprimenda—. Por Dios, ser viuda no es nada del otro mundo. Te aporta ese toque de experiencia, la certeza de que sabes lo que es el amor. Las viudas amamos la vida, apreciamos el buen humor, disfrutamos de nuestra independencia. Hazme caso, a Sam Nolan no le importará en absoluto que seas viuda.

Maggie sonrió y meneó la cabeza.

—Voy a dar un paseo hasta Market Chef y a comprar unos bocadillos para almorzar —dijo mientras sacaba su bolso de debajo del mostrador—. ¿De qué lo quieres?

—De pastrami con doble de queso fundido. Y doble de cebolla también. ¡Que sea doble de todo! —añadió con alegría antes de que Maggie saliera por la puerta.

Market Chef era una charcutería familiar donde hacían los mejores bocadillos y ensaladas de la isla. A la hora del almuerzo siempre estaba a rebosar, pero la espera merecía la pena. Estuvo tentada de pedir un poco de todo mientras observaba en el expositor de cristal las ensaladas frescas, la pasta, el embutido en lonchas y las porciones de quiche de verdura. Al final, se decidió por un bocadillo de pan casero tostado con cangrejo, alcachofas y queso fundido. Y pidió el de pastrami para Elizabeth.

—¿Para comer aquí o para llevar? —le preguntó la chica que atendía detrás del mostrador.

—Para llevar, por favor. —Y añadió después de ver un tarro de gruesas galletas de chocolate cerca de la caja registradora—: Y que no se te ocurra añadir galletas de ésas.

La chica sonrió.

—¿Quiere una o dos?

—Sólo una.

—Siéntese mientras le traigo los bocadillos, no tardaré nada.

Maggie se sentó junto a la ventana y se entretuvo mirando a la gente.

La dependienta no tardó en volver con los bocadillos en una bolsa de papel.

—Aquí tiene.

—Gracias.

—Ah, y una persona me ha pedido que le dé esto —dijo la chica, ofreciéndole una servilleta.

—¿Quién? —quiso saber, pero la dependienta ya se había alejado para atender a un nuevo cliente.

Maggie miró el papel blanco que tenía en la mano, donde alguien había escrito: «Hola.»

Un tanto confundida, alzó la vista para echarle un vistazo al pequeño comedor. Y contuvo el aliento cuando vio a Mark Nolan y a Holly sentados en una esquina. Sus miradas se encontraron y lo vio esbozar una lenta sonrisa.

El mensaje escrito en la servilleta acabó arrugado en la palma de su mano mientras flexionaba los dedos despacio. Sintió la alegría que se extendía por su pecho sólo con mirarlo.

«¡Joder!», pensó.

Llevaba semanas intentando convencerse de que el interludio con Mark no había sido tan mágico como le había parecido.

Un pensamiento que contradecía la nueva costumbre adquirida por su corazón, que se empeñaba en dar un pequeño vuelco cada vez que veía a un hombre moreno entre la multitud. Y que no explicaba por qué se había despertado más de una vez con las sábanas revueltas y con la agradable sensación de haber soñado con él.

Vio que Mark se ponía en pie y abandonaba la mesa para acercarse a ella con Holly a la zaga, y sintió una increíble y arrolladora emoción. Se puso tan colorada que el rubor le llegó a la raíz del pelo. Le temblaba todo el cuerpo. Era incapaz de mirarlo directamente, pero tampoco podía apartar la vista de él, de modo que siguió mirándolo de forma un tanto desenfocada con la bolsa en la mano.

—Hola, Holly —logró decirle a la sonriente niña, que llevaba dos trenzas rubias perfectas—. ¿Cómo estás?

La niña la sorprendió corriendo hacia ella para abrazarla. De forma automática, ella rodeó ese cuerpecito delgado con el brazo libre.

Abrazada a su cintura, Holly echó la cabeza hacia atrás y le sonrió.

—Ayer se me cayó un diente —anunció, y le enseñó la nueva mella que tenía en la encía inferior.

—¡Eso es estupendo! —exclamó ella—. Ahora tienes dos sitios para poner la pajita cuando bebas limonada.

—El Ratoncito Pérez me ha dejado un dólar. Y a mi amiga Katie sólo le dejó cincuenta centavos —añadió un tanto preocupada por la inexactitud del sistema.

—El Ratoncito Pérez —repitió Maggie al tiempo que le lanzaba una mirada jocosa a Mark. Sabía lo que él opinaba sobre la idea de que Holly creyera en esos personajes fantásticos.

—Era un diente perfecto —adujo él—. Es evidente que un diente así merecía un dólar. —La recorrió de arriba abajo con la mirada—. Habíamos planeado ir a tu tienda después del almuerzo.

—¿Queréis algo en concreto?

—Necesito unas alas de hada —contestó Holly—. Para Halloween.

—¿Vas a disfrazarte de hada? Tengo varitas mágicas, tiaras y más de diez modelos de alas. ¿Me acompañas a la tienda?

La niña asintió con entusiasmo y le dio la mano.

—Deja que te lleve eso —se ofreció Mark.

—Gracias —replicó mientras le daba la bolsa de papel, y juntos salieron de Market Chef.

Holly se mostró muy parlanchina y alegre durante la caminata, y le describió a Maggie los disfraces que se pondrían sus amigas en Halloween, le confesó el tipo de caramelos que esperaba conseguir y le habló del Festival de la Cosecha al que asistiría después de ir por las casas del vecindario pidiendo truco o trato. Aunque Mark no habló mucho y se mantuvo tras ellas en todo momento, Maggie era muy consciente de su presencia.

En cuanto entraron en la tienda, Maggie llevó a Holly hacia las alas de hada, todas adornadas con cintas y purpurina, y pintadas con espirales.

—Aquí las tienes.

Elizabeth se acercó a ellas.

—¿Vas a comprar unas alas? ¡Qué bien!

Holly miró con expresión interrogante a la anciana ataviada con un capirote con velo y una falda de tul, y armada con una varita mágica.

—¿Por qué vas vestida así? Todavía no es Halloween.

—Es mi disfraz siempre que celebramos una fiesta de cumpleaños en la juguetería.

—¿Dónde? —preguntó la niña al tiempo que echaba un vistazo por toda la tienda con expresión ansiosa.

—Tenemos una sala de fiestas en la parte posterior. ¿Te gustaría verla? Ahora mismo está decorada.

Después de mirar a su tío para pedirle permiso, Holly se marchó muy contenta con Elizabeth, dando saltitos.

Mark la observó alejarse con una sonrisa cariñosa.

—No para de dar saltos —dijo, y añadió una vez que miró a Maggie—: Nos iremos enseguida. No quiero retrasarte el almuerzo.

—Oh, no te preocupes. ¿Cómo...? —Tenía la impresión de haberse tragado una cucharada de miel tan espesa que se le había quedado un poco atascada en la garganta—. ¿Cómo estás?

—Bien. ¿Y tú?

—Genial —contestó—. ¿Shelby y tú estáis...? —Su intención era la de añadir «comprometidos», pero la palabra se le atascó.

Mark entendió lo que trataba de preguntarle.

—Todavía no. —Titubeó—. Te he traído esto —dijo mientras colocaba un termo estrecho y alargado en el mostrador, de los que tenían una taza por tapadera.

Hasta ese momento ni siquiera se había fijado en que llevara un termo.

—¿Es café? —le preguntó.

—Sí —contestó él—. Uno de mis torrefactos.

El regalo le gustó más de lo que debería.

—Eres una mala influencia —lo acusó.

—Eso espero —replicó Mark con voz ronca.

Fue un momento delicioso. Los dos de pie, mientras Maggie se imaginaba por un segundo lo que sería acercarse a él. Pegarse a su cuerpo, sentir su calor y la dureza de sus músculos, sentir sus brazos mientras la rodeaban.

Antes de que pudiera darle las gracias, Elizabeth regresó con Holly. La niña, emocionada por la decoración de la sala de fiestas y la enorme tarta en forma de castillo con velas en todas las torretas, se acercó de inmediato a Mark para decirle que él también tenía que verla. Se dejó arrastrar con una sonrisa en los labios.

Al cabo de un buen rato, Mark y Holly dejaron sus compras en el mostrador. Unas alas de hada, una tiara y un tutú verde y morado. Elizabeth registró la compra y estuvo charlando afablemente con ellos, ya que Maggie estaba ocupada atendiendo a una clienta. Se subió en una escalera plegable para coger unas figuritas guardadas en un armarito situado sobre un expositor. Una vez que cogió a Dorothy, al Hombre de Hojalata, al León y al Espantapájaros, le dijo a la clienta que la Bruja Mala estaba agotada.

—Puedo volver a pedirla y estará aquí dentro de una semana —le aseguró.

La mujer dudó.

—¿Está segura? Porque no me interesan los demás si no las consigo todas.

—Si quiere, llamamos al distribuidor para confirmar que puede enviarnos la bruja. —Maggie echó un vistazo en dirección al mostrador—. Elizabeth...

—Tengo el número aquí mismo —la interrumpió la aludida, que tenía una lista en la mano. Sonrió al reconocer a la clienta—. Hola, Annette. ¿Es un regalo para Kelly? Sabía que le encantaría la película.

—La ha visto ya cinco veces por lo menos —replicó la mujer con una carcajada, y se acercó al mostrador mientras Elizabeth marcaba.

Maggie recogió el resto de figuritas y subió de nuevo la escalera para devolverlas al armarito. Cuando algunas de las cajas amenazaron con caérsele al suelo, estuvo a punto de perder el equilibrio.

En ese preciso instante, unas manos la aferraron por la cintura para evitar que se cayera. Se quedó petrificada al comprender que era Mark quien estaba detrás. La presión de sus manos era firme, competente y respetuosa. Sin embargo, la calidez que irradiaban atravesó la delgada capa de algodón de su camiseta y le puso el corazón a doscientos. El impulso de volverse para quedar entre sus brazos hizo que se tensara. ¡Qué maravilloso sería enterrar los dedos en ese abundante pelo oscuro y pegarse a su cuerpo para estrecharlo con fuerza y...!

—¿Te ayudo con esas cajas? —se ofreció él.

—No, lo tengo controlado.

Mark la soltó, pero se quedó cerca.

Maggie logró colocar en el armario las cajas que le quedaban, sin orden ni concierto. En cuanto bajó de la escalera, se volvió para mirar a Mark. Estaban demasiado cerca. Olía a sol, a brisa marina, a sal... y la fragancia alteró sus sentidos.

—Gracias —consiguió decir—. Y gracias por el café. ¿Cómo lo hago para devolverte el termo?

—Luego vuelvo a por él.

Elizabeth, que ya había registrado la compra de la otra clienta, se acercó a ellos.

—Mark, hace un rato estaba intentando convencer a Maggie de que conozca a Sam. ¿No crees que se lo pasarían bien juntos?

Holly sonrió con alegría al escucharla.

—¡Mi tío Sam te gustaría muchísimo! —exclamó—. Es muy gracioso. Y tiene un reproductor de Blu-ray.

—Vaya, ésas son las dos cosas que le pido a un hombre —replicó ella con una sonrisa. Miró a Mark, cuya expresión se había vuelto pétrea—. ¿Crees que me gustaría? —se atrevió a preguntarle.

—No tenéis mucho en común.

—Los dos son jóvenes y solteros —protestó Elizabeth—. ¿Qué más necesitan tener en común?

Mark frunció el ceño sin disimulos.

—¿Quieres conocer a Sam? —le preguntó a Maggie.

Ella se encogió de hombros.

—Estoy muy ocupada.

—Dímelo si te decides. Yo me encargo. —Le hizo un gesto a Holly—. Hora de irnos.

—¡Adiós! —se despidió la niña con alegría, y se acercó a Maggie para volver a abrazarla.

—Adiós, Holly.

Después de que tío y sobrina se marcharan, Maggie echó un vistazo por la tienda, que en ese momento se había quedado vacía.

—Vamos a almorzar —le dijo a Elizabeth.

Entraron juntas en la trastienda y se sentaron a una mesa, aguzando el oído por si escuchaban la campanilla de la puerta. Mientras Elizabeth desenvolvía los bocadillos, Maggie abrió el termo, del que surgió un maravilloso aroma. Tostado, rico y amaderado.

Maggie inspiró con fuerza y cerró los ojos para disfrutar del intenso olor.

—Ahora lo entiendo —escuchó que decía Elizabeth.

Maggie abrió los ojos.

—¿El qué?

—El motivo por el que no te interesa Sam.

La respuesta hizo que contuviera el aliento.

—¡Ah, no, pero...! No tiene nada que ver con Mark, si eso es lo que estás pensando.

—He visto cómo te mira.

—Está saliendo con otra. Y van en serio.

—Que yo sepa, todavía no se han casado. Y Mark te ha traído café —añadió como si fuera un gesto de enorme relevancia—. Posiblemente equivale a una botella de Dom Pérignon —dijo al tiempo que miraba el termo con deseo.

—¿Quieres probarlo? —le ofreció Maggie con una sonrisa.

—Voy a por mi taza.

Descubrieron que el café ya estaba azucarado y que tenía crema. El humeante líquido era del color del caramelo. Hicieron un silencioso brindis con sus tazas y lo probaron.

No sólo era café, era toda una experiencia en sí misma. Un comienzo suave, cremoso y azucarado que daba paso a una nota final aterciopelada. Fuerza y suavidad, sin rastros de amargor. La mezcla fue como un cálido bálsamo.

—¡Dios mío! —exclamó Elizabeth—. Está buenísimo.

Maggie bebió otro sorbo.

—Es un problema —replicó con voz quejumbrosa.

La expresión de Elizabeth se suavizó, como si la entendiera.

—¿Te refieres a la atracción que sientes por Mark Nolan?

—Sé que está fuera de mi alcance. Pero cuando nos vemos, da la impresión de que estemos tonteando, aunque no es cierto.

—A mí no me parece un problema —le aseguró Elizabeth.

—¿Ah, no?

—No. El problema llegará cuando no tengas la impresión de que estáis tonteando. Así que, adelante, sigue tonteando, a lo mejor ése es el motivo que te impide acostarte con él.

8

En Halloween, Mark insistió en que Sam fuera el encargado de llevar a Holly a las actividades que tendrían lugar en Friday Harbor, entre las que se incluía una sesión cinematográfica en la biblioteca, la búsqueda de caramelos en las tiendas y una fiesta infantil en el parque.

—Asegúrate de pasarte por la juguetería para ver a Maggie —añadió.

—¿Estás seguro? —le preguntó Sam, no muy convencido.

—Sí. Todo el mundo quiere que os conozcáis, Maggie incluida. Así que ve. Invítala a salir si te gusta.

—No sé —dijo Sam—. Con la cara que has puesto...

—¿Qué cara?

—La que pones justo antes de darle una paliza a alguien.

—No voy a darle una paliza a nadie —replicó con calma—. No es mía. Estoy con Shelby.

—¿Y por qué tengo la sensación de que invitar a salir a Maggie sería como quitarte la novia?

—Ni de coña. Estoy con Shelby.

Sam se echó a reír por lo bajo y se rascó la cabeza.

—Tu nuevo mantra. Vale, le echaré un ojo.

Más tarde Sam volvió a casa con Holly, que se lo había pasado en grande durante los festejos de Halloween y que había llenado una calabaza de plástico con caramelos. Con mucha ceremonia, extendieron los caramelos en la mesa, los admiraron y Holly escogió un par para comérselos en ese preciso momento.

—Vale, hora de bañarse —dijo Mark, que se agachó para que Holly se le subiera a la espalda—. Creo que eres el hada más sucia y pegajosa que he visto en la vida.

—Tú no crees en las hadas —replicó Holly con una risilla mientras la llevaba a cuestas a la planta superior.

—Claro que sí. Tengo una aquí mismo.

Después de llenar la bañera y dejarle un camisón limpio y una toalla sobre la tapa del inodoro, Mark volvió a bajar. Sam había terminado de guardar los caramelos en una bolsa enorme y estaba recogiendo la cocina.

—¿Y bien? —preguntó Mark con voz gruñona—. ¿Os pasasteis por la tienda?

—Nos hemos pasado por una veintena de tiendas. El pueblo era un hervidero de gente.

—Me refiero a la juguetería —puntualizó Mark entre dientes.

—Ah, que me preguntabas por Maggie. —Sam sacó una cerveza del frigorífico—. Sí, y es un bombón. Y Holly está loca por ella. Se sentó en el mostrador y ayudó a Maggie a dar caramelos a los niños. Creo que se habría quedado toda la noche si la dejo. —Se detuvo con la cerveza a medio camino—. Pero no voy a invitarla a salir.

Mark lo miró con expresión alerta.

—¿Por qué no?

—Me hizo el Heisman.

—¿El qué?

—Ya sabes... —Sam imitó la pose, con un brazo extendido y listo para bloquear a un rival, del trofeo Heisman que todos los años se otorgaba al mejor jugador de fútbol americano—. Fue muy simpática, pero no estaba interesada.

—Pues debería estarlo —replicó Mark, molesto—. Estás soltero, no tienes mala planta... ¿Qué problema tiene?

Sam se encogió de hombros.

—Es viuda. A lo mejor sigue echando de menos a su marido.

—Ya es hora de que lo olvide —protestó—. Han pasado dos años. Tiene que empezar a vivir de nuevo. Tiene que arriesgarse con otra persona.

—¿Como tú? —preguntó Sam con sagacidad.

Mark lo fulminó con la mirada.

—Estoy con Shelby.

—Sí, ya me lo has dicho —repuso su hermano con una carcajada—. Sigue repitiéndolo, que a lo mejor hasta te lo crees al final.

Mark subió de nuevo, contrariado. Se había dicho que no era asunto suyo si Maggie volvía a salir con alguien, si acaso lo hacía. Entonces, ¿por qué le molestaba tanto la situación?

Holly ya estaba en su dormitorio, con su camisón rosa puesto y tumbada en la cama, a la espera de que la arropase. La lamparita estaba encendida y su cálida luz se filtraba a través de la pantalla rosa. Holly miraba fijamente las alas de su disfraz, que estaban colgadas del respaldo de una silla. Su cara, de piel sedosa y blanca, estaba enrojecida. A Mark se le encogió el corazón al darse cuenta de que la niña tenía los ojos llenos de lágrimas.

Se sentó en la cama y la estrechó entre sus brazos.

—¿Qué pasa? —susurró—. ¿Por qué lloras?

Holly le respondió con voz entrecortada:

—Me gustaría que mamá pudiera verme con mi disfraz.

Mark besó esa melena rubia y la delicada curva de una oreja. Se limitó a abrazarla con fuerza un buen rato.

—Yo también la echo de menos —dijo al final—. Creo que te está observando, aunque tú no puedas verla ni oírla.

—¿Como un ángel?

—Sí.

—¿Crees en los ángeles?

—Sí —contestó sin vacilar, a pesar de que siempre había dicho y pensado todo lo contrario. Porque no tenía motivos para cerrarse a la posibilidad, sobre todo si la idea consolaba a Holly.

La niña se apartó un poco para mirarlo a la cara.

—No sabía que creías en los ángeles.

—Pues lo hago —le aseguró—. La fe es una elección personal. Puedo creer en los ángeles si quiero.

—Yo también creo en los ángeles.

Mark le acarició el pelo.

—Nadie podrá reemplazar jamás a tu madre. Pero yo te quiero tanto como ella y siempre te cuidaré. Y Sam también.

—Y el tío Alex.

—Y el tío Alex. Pero estaba pensando una cosa... ¿Y si me caso con alguien para que me ayude a cuidarte, alguien que te quiera como una madre? ¿Te gustaría?

—Mmmm.

—¿Qué te parece Shelby? Te cae bien, ¿verdad?

Holly meditó la respuesta.

—¿Te has enamorado de ella?

—Le tengo cariño. Mucho.

—Se supone que no debes casarte con alguien si no estás enamorado.

—Bueno, el amor es otra elección personal.

Holly meneó la cabeza.

—Pues yo creo que es algo que te pasa.

Mark sonrió al ver esa carita ansiosa.

—A lo mejor es las dos cosas —replicó antes de arroparla.

El fin de semana siguiente Mark fue a Seattle para ver a Shelby. La fiesta de compromiso de su prima se celebraría el viernes por la noche en el Club Náutico de Seattle, en Portage Bay. Era otro paso en su progresiva relación: asistir a un evento familiar y conocer a los padres de Shelby. Esperaba llevarse bien con ellos. Por la descripción de Shelby, parecían personas decentes y muy normales.

—Los vas a querer, ya lo verás —le dijo ella—. Y ellos te van a querer muchísimo.

El uso del verbo «querer» hizo que Mark se tensara. De momento, ni Shelby ni él habían llegado a decirse «Te quiero», pero estaba seguro de que ella se moría por hacerlo. Y eso hacía que se sintiera muy culpable, porque no estaba esperando ansioso el momento. Por supuesto, respondería en consonancia. Y lo diría en serio, pero seguramente no con el sentido con el que ella soñaba.

Unos pocos meses antes habría dicho que era incapaz de sentir amor. Sin embargo, Holly le había demostrado todo lo contrario. Porque el sentimiento de querer proteger a Holly, de querer dárselo todo, y ese atávico impulso de hacerla feliz... Era amor, no le cabía la menor duda. Nada de lo que hubiera sentido hasta ese momento podía comparársele.

El viernes por la tarde, embarcó en un vuelo hacia Seattle, preocupadísimo porque Holly había vuelto del colegio con un poco de fiebre. Treinta y siete con siete, para ser exactos.

—Debería cancelarlo —le dijo a Sam.

—Estás de coña, ¿verdad? Shelby te mataría. Lo tengo todo bajo control. Holly estará bien.

—No dejes que se acueste tarde —le ordenó con severidad—. No dejes que coma porquerías. Y como se salte la siguiente dosis de ibuprofeno, te voy a...

—Que sí, que ya lo sé. No va a pasar nada.

—Si Holly sigue mal mañana, el pediatra pasa consulta los sábados hasta el mediodía...

—Lo sé. Sé todo lo que tú sabes. Si no te vas ahora mismo, perderás el vuelo.

Se marchó a regañadientes después de darle una dosis de ibuprofeno a Holly. La dejó tumbada en el sofá, viendo una película. Parecía muy pequeña y frágil, con la cara muy blanca. Le preocupaba dejarla, aunque Sam le había asegurado que no pasaría nada.

—No voy a separarme del móvil —le dijo a Holly—. Si quieres hablar conmigo o me necesitas, llámame cuando quieras. ¿Vale, cariño?

—Vale. —Y Holly le regaló esa sonrisa mellada que siempre le derretía el corazón.

Se inclinó sobre ella, le dio un beso en la frente y luego se frotaron la nariz.

Le sentaba mal salir de la casa y dirigirse al aeropuerto. Su instinto le gritaba que se quedase. Pero sabía lo importante que era ese fin de semana para Shelby y no quería hacerle daño ni avergonzarla al no acudir a un evento familiar.

Una vez en Seattle, Shelby fue a recogerlo al aeropuerto en su BMW Z4. Llevaba un vestido negro muy elegante, tacones negros y el pelo rubio suelto. Una mujer guapa y elegante. Cualquier hombre tendría suerte de estar con ella, pensó. Le gustaba Shelby. La admiraba. Disfrutaba de su compañía. Pero la falta de discordia y de intensidad entre ellos, que hasta ese momento le parecía estupenda, había comenzado a preocuparlo.

—Vamos a cenar con Bill y Allison antes de la fiesta —dijo ella.

Allison era la mejor amiga de Shelby desde la universidad y en ese momento era la madre de tres niños.

—Estupendo. —Mark esperaba poder olvidarse de Holly lo suficiente como para disfrutar de la cena. Se sacó el móvil del bolsillo para comprobar si tenía mensajes de Sam.

Nada.

Al percatarse de que tenía el ceño fruncido, Shelby le preguntó:

—¿Cómo está Holly? ¿Sigue pachucha?

Mark asintió con la cabeza.

—Hasta ahora nunca se había puesto enferma. Al menos, no desde que está conmigo. Tenía fiebre cuando salí de casa.

—Se le pasará —fue la respuesta tranquilizadora de

Shelby. Tenía una sonrisa en los labios ligeramente maquillados—. Me resulta enternecedor que estés tan preocupado por ella.

Se dirigieron a un restaurante minimalista del centro de Seattle, cuya estancia principal estaba dominada por una pirámide de botellas de vino de seis metros de alto. Pidieron un excelente pinot noir y Mark apuró su copa a toda prisa con la esperanza de que lo ayudara a relajarse.

Había comenzado a llover y el agua golpeaba los ventanales. La lluvia caía con tranquilidad, pero de forma continua, y las nubes se movían por el cielo como si fueran sábanas recién sacadas de la secadora. Los edificios aguardaban pacientes a que terminase el azote de los elementos, dejando que la tormenta formara cascadas sobre el pavimento, las cunetas cubiertas de vegetación y las zonas ajardinadas. Seattle era una ciudad que sabía qué hacer con el agua.

Mientras observaba los dibujos que creaban los chorros de agua que se deslizaban por las fachadas de piedra y cristal de los edificios, Mark no dejaba de pensar en la noche lluviosa de hacía menos de un año que lo había cambiado todo. Comprendió que antes de que Holly llegara a su vida, había medido sus emociones como si fueran una sustancia finita. En ese momento no tenía posibilidad alguna de contenerlas. ¿Lo de ser padre mejoraba con el tiempo? ¿Llegaba un momento en el que uno dejaba de preocuparse?

—Es una faceta nueva —dijo Shelby con una sonrisa curiosa cuando lo vio comprobar su móvil por enésima vez durante la cena—. Cariño, si Sam no te ha llamado, quiere decir que todo está bien.

—A lo mejor quiere decir que algo va mal y que no ha tenido tiempo para llamarme —replicó.

Allison y Bill, la otra pareja, se miraron con la sonrisa y la expresión de superioridad de los padres experimentados.

—Es más duro con el primero —afirmó Allison—. Te llevas un susto de muerte cada vez que les da fiebre... pero con el segundo o el tercero ya dejas de preocuparte tanto.

—Los niños son muy resistentes —añadió Bill.

Aunque sabía que esas palabras estaban pensadas para tranquilizarlo, no le sirvieron de nada.

—Será un buen padre algún día —le dijo Shelby a Allison con una sonrisa.

Ese halago, que seguramente había pronunciado para complacerlo, sólo consiguió despertar su irritación. ¿Algún día? Ya era padre. Ser padre implicaba algo más que la mera contribución biológica... De hecho, eso era lo de menos.

—Tengo que llamar a Sam, ahora vuelvo —le dijo a Shelby—. Sólo quiero saber si le ha bajado la fiebre.

—Vale, si así dejas de preocuparte... —replicó Shelby—. A ver si podemos disfrutar del resto de la noche. —Le lanzó una mirada elocuente—. ¿Te parece?

—Por supuesto. —Se inclinó sobre ella y le dio un beso en la mejilla—. Perdonadme. —Se levantó de la mesa, salió al vestíbulo del restaurante y sacó el móvil. Sabía que Shelby y la otra pareja creían que se estaba pasando, pero le importaba una mierda. Tenía que averiguar si Holly se encontraba bien.

Su hermano cogió el teléfono.

—¿Mark?

—Sí. ¿Cómo está?

Su pregunta fue recibida con un silencio enervante.

—Pues no muy bien, la verdad.

Se quedó helado al escucharlo.

—¿Cómo que «no muy bien»?

—Empezó a vomitar poco después de que te fueras. Ha estado vomitando desde entonces. Te juro que es increíble que un cuerpo tan pequeño pueda soltar tanto vómito.

—¿Qué has hecho? ¿Has llamado al médico?

—Claro que lo he llamado.

—¿Y qué te ha dicho?

—Que probablemente sea la gripe y que le diera de beber líquidos en pequeños sorbos para rehidratarla. Me ha dicho que es posible que el ibuprofeno le haya sentado mal, de modo que ahora nos hemos pasado al paracetamol.

—¿Sigue con fiebre?

—Tenía casi treinta y nueve la última vez que le puse el termómetro. El problema es que no aguanta el medicamento lo suficiente como para que le haga efecto.

Mark apretó con fuerza el móvil. Nunca había de-

143

seado algo con tanta intensidad como deseaba en ese momento estar de regreso en la isla para poder cuidar de Holly.

—¿Tienes todo lo que necesitas?

—La verdad es que tengo que pasarme por una tienda para comprar algunas cosas que necesito como gelatina y caldo de pollo, así que voy a llamar a alguien para que la cuide mientras estoy fuera.

—Ahora mismo me vuelvo a casa.

—No, de eso nada. Tengo una lista larguísima de gente a la que puedo llamar. Y... Dios, otra vez está vomitando. Te dejo.

La llamada se cortó. Mark intentó pensar pese al pánico que lo atenazaba. Llamó a la compañía aérea para reservar un asiento en el próximo vuelo de vuelta a Friday Harbor, pidió un taxi por teléfono y regresó a la mesa.

—¡Gracias a Dios! —exclamó Shelby con una sonrisa tensa—. Ya me estaba preguntando por qué tardabas tanto.

—Lo siento. Pero Holly está muy enferma. Tengo que regresar a casa.

—¿Esta noche? —preguntó Shelby con el ceño fruncido—. ¿Ahora?

Mark asintió con la cabeza y describió la situación. Allison y Bill parecían entender el problema, pero Shelby parecía cada vez más preocupada. Esa muestra de preocupación por Holly hizo que experimentara una nueva conexión con ella. Se preguntó si consideraría la posibilidad de viajar con él. No se lo pediría, pero si ella se ofrecía...

Shelby se puso en pie y le tocó el brazo ligeramente.

—Vamos a hablar un momento en privado. —Le regaló una sonrisa forzada a Allison—. Ahora mismo volvemos.

—Claro. —Y las dos intercambiaron una de esas insondables miradas femeninas que anunciaba que algo se estaba barruntando.

Shelby lo acompañó hasta la entrada del restaurante y lo llevó a un rincón, donde nadie los molestaría.

—Shelby... —le dijo.

—Mira —lo interrumpió ella con suavidad—, no quiero ponerte en la tesitura de tener que elegir entre Holly y yo... pero ella estará bien sin ti. Yo, no. Quiero que me acompañes a la fiesta de esta noche y conozcas a mi familia. No vas a hacer nada por Holly que Sam no esté haciendo ya.

Cuando por fin terminó de hablar, la sensación de calidez y de conexión que había sentido Mark había desaparecido por completo. Por mucho que hubiera afirmado lo contrario, quería que escogiera entre Holly y ella.

—Lo sé —repuso—. Pero quiero ser yo quien la cuide. Además, es imposible que me lo pase bien sabiendo que mi niña está enferma. Me pasaría todo el tiempo en un rincón con el móvil en la mano.

—Pero Holly no es tuya. No es tu hija.

Mark la miró como si no la hubiera visto en la vida. ¿Qué estaba insinuando? ¿Que la preocupación que sentía por Holly no era legítima porque no se trataba de su hija biológica? ¿Que no tenía derecho a preocuparse por ella hasta ese punto?

En ocasiones, las cosas más importantes se revelaban en los momentos más inesperados. Y con esas palabras, la relación entre Shelby y él acababa de sufrir un cambio radical. ¿Estaba siendo irracional? ¿Estaba exagerando? Le importaba una mierda. Su prioridad era Holly.

Cuando Shelby vio la expresión de Mark, alzó la vista con impaciencia.

—No quería decirlo de esa manera.

Mark reorganizó metódicamente las palabras para extraer una verdad mucho más certera. Shelby había querido decir lo que había dicho, sonara como sonase.

—No pasa nada. —Hizo una pausa mientras sentía que los lazos de su relación iban cayendo durante la conversación, cortados por el hachazo que había significado cada una de esas palabras—. Pero es mía, Shelby. Es mi responsabilidad.

—También la de Sam.

Meneó la cabeza al escucharla.

—Sam me está echando una mano. Pero yo soy su tutor legal.

—¿Me estás diciendo que necesita a dos adultos revoloteando a su alrededor?

Mark respondió con mucha delicadeza:

—Tengo que estar allí.

Shelby asintió con la cabeza.

—Vale. Salta a la vista que es una tontería discutir sobre el asunto ahora mismo. ¿Quieres que te lleve al aeropuerto?

—He llamado a un taxi.

—Me ofrecería para acompañarte, pero quiero estar con mi prima esta noche.

—Lo entiendo perfectamente. —Le colocó una mano en la base de la espalda en un gesto pensado para calmarla. Tenía la espalda muy tiesa y fría, como si estuviera hecha de hielo—. Yo me hago cargo de la cena. Le dejaré mi número de tarjeta de crédito a la *maître*.

—Gracias. Estoy segura de que Bill y Allison apreciarán el gesto. —Shelby parecía abatida—. Llámame más tarde para decirme qué tal está Holly. Aunque estoy segura de que estará perfectamente.

—De acuerdo.

Se inclinó para besarla y Shelby volvió la cara, de modo que acabó besándole la mejilla.

9

El trayecto en taxi hasta el aeropuerto se le hizo eterno. El vuelo de vuelta a Friday Harbor, tan lento que estaba convencido de que habría llegado antes en canoa. Cuando por fin llegó a la casa, eran casi las diez de la noche. Junto a la entrada había un coche desconocido, un Chrysler blanco.

Entró por la puerta trasera, por la que se accedía directamente a la cocina. Sam estaba sirviéndose una copa de vino. Parecía estar hecho polvo. Tenía la parte delantera de la camiseta mojada y el pelo alborotado. En la encimera, había un montón de botes de medicamentos y vasos vacíos, así como una jarra de plástico con una bebida isotónica.

Sam lo miró sorprendido y meneó la cabeza.

—Sabía que no debía decirte nada —dijo, resignado—. ¡Dios, Shelby debe de estar furiosa!

Mark soltó la bolsa de viaje y se quitó la chaqueta.

—Me da exactamente igual. ¿Cómo está Holly? ¿De quién es el coche que está en la entrada?

—De Maggie. Y Holly está mejor. Lleva una hora y media sin vomitar.

—¿Por qué has llamado a Maggie? —preguntó Mark, confundido.

—Porque a Holly le gusta. Y cuando la conocí en Halloween, me dijo que la llamara si alguna vez necesitaba ayuda con Holly. Primero llamé a Alex, pero no contestó. Así que la llamé a ella. Y vino al momento. Dios, es genial. Mientras yo iba a la farmacia, le dio a Holly un baño templado, lo limpió todo y logró que se tomara un poco de jarabe.

—¿Ya no tiene fiebre?

—De momento no. Pero le sube a ratos. Tenemos que seguir controlándola.

—Yo me quedaré con ella esta noche —dijo Mark—. Tú vete a descansar un poco.

Sam le ofreció una sonrisa cansada antes de beber un sorbo de vino.

—Podría haberlo hecho solo, pero te agradezco que hayas vuelto.

—Tenía que hacerlo. Les habría amargado la fiesta, pues hubiese pasado la noche preocupado por Holly.

—¿Qué ha dicho Shelby?

—No le ha gustado un pelo.

—Se le pasará. Un ramo de flores y unas sentidas disculpas, y asunto arreglado.

Mark hizo un gesto irritado con la cabeza, negando las palabras de su hermano.

—No me importa disculparme, pero lo mío con Shelby no va a funcionar.

Sam abrió los ojos de par en par.

—¿Vas a cortar con ella por esto?

—No es por esto. Es que llevo un tiempo... En fin, da igual. Luego te lo cuento. Tengo que ver a Holly.

—Si lo dejáis, asegúrate de decirle que me ofrezco para que se vengue de ti acostándose conmigo —dijo su hermano mientras él caminaba hacia la escalera.

El pasillo que llevaba al dormitorio de Holly olía a amoniaco y jabón. La luz de la lámpara bañaba con suavidad el basto parquet del suelo. Mark intentó imaginar la impresión que causaría la casa en un extraño. Las estancias sin terminar, el suelo sin lijar, las paredes sin pintar... Las reformas estaban en pleno proceso. En ese momento, concentraban sus esfuerzos en remodelar la estructura para que la casa fuera segura y sólida, de modo que todavía no habían hecho nada con respecto a la decoración. Seguro que Maggie se había quedado espantada.

Llegó al dormitorio de Holly, pero se quedó justo en la puerta. Maggie estaba acostada con su sobrina, que descansaba acurrucada contra ella. A su otro lado había un nuevo peluche.

Maggie parecía una adolescente, con el pelo recogido en una coleta y sin rastro de maquillaje. Una nube de pecas doradas le cubría la nariz y las mejillas. Le estaba leyendo a Holly, que tenía los ojos muy brillantes, pero parecía tranquila.

Holly lo miró con expresión adormilada y confusa.

—Has vuelto.

Mark se acercó a la cama, se inclinó sobre ella y le acarició la frente, echándole el pelo hacia atrás. Aprovechó el momento para comprobar su temperatura.

—Por supuesto que he vuelto —murmuró—. No podía estar lejos si mi niña está malita.

—He vomitado —le informó Holly con solemnidad.

—Lo sé, cariño.

—Y Maggie me ha traído un osito de peluche nuevo, y me ha bañado y...

—Chitón, se supone que debes dormirte.

Miró a Maggie y sus ojos oscuros lo capturaron. Tuvo que hacer un gran esfuerzo para no alargar un brazo y tocarla. Para no pasar las yemas de los dedos por esa alegre lluvia de pecas que le salpicaba la nariz.

Maggie sonrió.

—¿Una página más y así acabamos el capítulo? —le preguntó, y él asintió con la cabeza.

Mientras ella seguía con la lectura, Mark se apartó y se sentó en el borde de la cama. Clavó la vista en Holly y vio cómo cerraba los ojos. Su respiración era tranquila y acompasada. Notó una mezcla de ternura, alivio y ansiedad en el pecho.

—Tío Mark —susurró la niña cuando el capítulo

llegó a su fin al tiempo que movía una de sus manitas por encima del cobertor para acercarla a él.

—¿Qué?

—Sam me ha dicho... —comenzó antes de hacer una pausa para bostezar— que puedo comerme un polo para desayunar.

—Me parece bien. —Mark le levantó la mano para darle un beso—. Duérmete —murmuró—. Esta noche me quedaré contigo.

Holly se acurrucó entre los almohadones y se durmió. Maggie se apartó de ella con delicadeza para salir de la cama. Llevaba unos vaqueros, zapatillas deportivas y una sudadera de algodón rosa que se le había subido hasta la cintura, dejando a la vista un trocito de piel clara. Se sonrojó al darse cuenta y tiró de la prenda para bajársela, pero no antes de que Mark le hubiera echado un vistazo a esa íntima extensión de piel.

Salieron juntos del dormitorio después de apagar la lamparita, aunque dejaron encendida una luz nocturna.

—Gracias —dijo Mark en voz baja mientras precedía a Maggie por el pasillo de camino a la escalera—. Siento mucho que Sam haya tenido que llamarte. No debería haberme movido de aquí.

—No me ha supuesto problema alguno. De todas formas, no tenía otra cosa que hacer.

—No es divertido hacerse cargo de los niños enfermos de los demás.

—Estoy acostumbrada a atender enfermos. Nada

me molesta. Y Holly es tan cariñosa que haría cualquier cosa por ella.

Mark alargó un brazo para tomarla de la mano y la escuchó contener el aliento.

—Ten cuidado, el suelo está desnivelado en esta parte. Todavía no hemos acabado de reparar el parquet.

Maggie rodeó su mano con los dedos y él la imitó, de modo que el gesto se convirtió en algo íntimo mientras le permitía conducirla hasta la escalera.

—La casa está hecha un cuadro —comentó Mark.

—Está genial. Tiene una estructura maravillosa. Cuando acabéis de remodelarla, será la casa más bonita de la isla.

—Creo que no acabaremos en la vida —replicó Mark, y ella se echó a reír.

—He visto que ya habéis acabado dos habitaciones, que están preciosas por cierto, el dormitorio de Holly y su cuarto de baño. Eso dice mucho. —Lo soltó para aferrar el pasamanos.

—Deja que yo baje primero —dijo él.

—¿Por qué?

—Porque si te caes, podré cogerte.

—No voy a caerme —protestó ella, pero le permitió bajar en primer lugar.

Mark era muy consciente del suave timbre de su voz mientras descendían los escalones.

—Te he traído el termo —la oyó decir—. Por tu culpa, he vuelto a beber café. Aunque, de momento, no he encontrado otro que esté tan bueno como el tuyo.

—Tengo un ingrediente secreto.

—¿Cuál?

—No puedo decírtelo.

—¿Por qué no?

—Porque si te lo digo, ya no vendrás a por más café.

Sus palabras fueron recibidas por un breve silencio mientras Maggie trataba de interpretar el comentario.

—Volveré mañana por la mañana para ver cómo está Holly antes de abrir la tienda. ¿Eso significa que podré llevarme el termo lleno otra vez?

—Siempre que quieras.

Habían llegado al pie de la escalera, de modo que Mark se volvió para coger a Maggie justo antes de que perdiera el equilibrio.

—¡Ay! —exclamó al tiempo que alargaba un brazo para apoyarse en él, aunque más bien acabó pegada por completo a su cuerpo.

Mark la ayudó a recuperar el equilibrio aferrándole las caderas. Algunos rizos le rozaron una mejilla, una caricia fresca y sedosa que lo excitó de inmediato. Maggie estaba en el último peldaño, apoyada en él, totalmente a su merced. Y era muy consciente de ella, de esa deliciosa tensión que tanto ansiaba aliviar.

—El pasamanos acaba antes de llegar al último escalón —le dijo. Era una de las rarezas de la casa a las que tanto Sam como él se habían acostumbrado, pero que pillaban por sorpresa a las visitas.

—¿Por qué no me has avisado? —susurró ella, cuyas manos seguían apoyadas en sus hombros.

Sería muy fácil tirar de ella para besarla. Pero siguió sin moverse, sosteniéndola de forma que parecían estar abrazados. Estaban tan cerca que notaba el roce de su aliento.

—A lo mejor porque quería atraparte —contestó.

Maggie soltó una risilla nerviosa que puso de manifiesto lo desconcertada que se sentía. Mark notó la suave presión de sus dedos, que lo exploraban con sutileza. Sin embargo, no demostró señal alguna de que lo deseara, no hizo el menor movimiento para acercarse a él ni para alejarse. Se limitó a esperar sin moverse.

Mark se apartó y la ayudó a bajar el último peldaño, tras lo cual caminaron hacia el suave resplandor de la cocina.

Sam había apurado su copa de vino y se estaba sirviendo otra.

—Maggie —dijo con una nota afectuosa en la voz, como si se conocieran desde hacía años—, mi copiloto.

Ella se echó a reír.

—¿Hay mujeres copilotos?

—Las mujeres son los mejores copilotos del mundo —le aseguró Sam—. ¿Te apetece una copa de vino?

Ella negó con la cabeza.

—Gracias, pero necesito volver a casa. Tengo que sacar a mi perro.

—¿Tienes perro? —le preguntó Mark.

—En realidad, lo tengo en acogida. Una de mis amigas ha organizado un programa de rescate y adopción de animales en la isla, y me convenció para que me hiciera cargo de él hasta que le encuentre un hogar definitivo.

—¿De qué raza es?

—Es un bulldog. El pobre tiene todos los problemas que puede desarrollar la raza: problemas en las articulaciones, prognatismo, alergias cutáneas, ronquidos... y, para colmo, *Renfield* no tiene rabo. Nació con el rabo invertido y se lo tuvieron que amputar.

—¿*Renfield*? ¿Como el sirviente de Drácula que comía bichos? —preguntó Mark.

—Sí, estoy tratando de encontrarle un lado bueno a su fealdad. De hecho, creo que tiene un puntito de nobleza. El pobre no tiene ni idea de lo feo que es, pero espera que lo quieran de todas formas. Sin embargo, mucha gente ni siquiera es capaz de acariciarlo. —Le brillaban los ojos y acababa de esbozar una sonrisa tristona—. Empiezo a desesperarme. Me veo cargando con él de por vida.

Mark la miró fascinado. Había una bondad en ella que resultaba tan seductora como entrañable. Parecía una mujer nacida para ser feliz, para dar amor a espuertas, para cuidar a un perro que nadie quería.

En ese momento recordó que le había dicho que, después del calvario que supuso la muerte de su marido, no le quedaba nada que ofrecer. No obstante, lo cierto era que tenía muchísimo que ofrecer.

Sam se había acercado a ella y le había echado un brazo por los hombros.

—Esta noche has salvado una vida —le aseguró.

—La vida de Holly no ha peligrado en ningún momento —replicó ella.

—Me refería a la mía. —Sam miró a Mark con una sonrisa—. Creo que eres consciente de que uno de los dos tiene que casarse con ella.

—No sois mi tipo —le soltó Maggie, a la que se le escapó una risilla tonta cuando Sam la echó hacia atrás, en una pose al más puro estilo Valentino.

—Contigo se llena el vacío de mi alma —dijo Sam con fingida pasión.

—Como me dejes caer, te mato —le advirtió ella.

Mark observó la escena consumido por los celos. Porque parecían muy cómodos el uno con el otro, como si se hubieran hecho amigos al instante. Y el fingido cortejo de su hermano le pareció una burla hacia los sentimientos que albergaba por Maggie.

—Tiene que irse a casa —le recordó a Sam con brusquedad.

Su hermano captó el deje de su voz y le lanzó una mirada ladina mientras ensanchaba la sonrisa. Enderezó a Maggie, le dio un abrazo fugaz y, después de soltarla, cogió su copa de vino.

—Mi hermano te acompañará al coche —dijo—. Lo haría yo, pero tengo que apurar el vino.

—Puedo ir sola —protestó ella.

Mark la acompañó de todas formas.

La noche de noviembre era fría y desagradable, y las nubes cubrían gran parte del cielo oscuro. Caminaron hacia el coche por el camino de gravilla, que se les clavaba en la suela de los zapatos.

—Quiero preguntarte una cosa —le dijo Mark cuando llegaron junto al coche.

—¿El qué? —replicó ella con cierto recelo.

—¿Y si nos dejas a *Renfield* mañana por la mañana? Podría pasar el día con Holly. Y yo podría llevármelo a hacer unas cuantas cosas. Lo cuidaremos bien.

Estaba demasiado oscuro como para ver su expresión, pero la sorpresa teñía la voz de Maggie cuando dijo:

—¿De verdad? Estoy segura de que a *Renfield* le encantará. Aunque no creo que te guste que te vean con él.

Estaban junto al coche, el uno frente al otro, mirándose gracias a la tenue luz que les llegaba desde las ventanas de la cocina. Los ojos de Mark ya se habían adaptado a la penumbra.

—La verdad es que sacar a pasear a *Renfield* es un poco bochornoso —siguió ella—. La gente siempre te mira. Y te pregunta si se ha peleado con una cortadora de césped o algo.

¿Lo tenía por un intolerante? ¿Por un tío estrecho de miras? ¿Lo creía incapaz de pasar por lo menos un día en compañía de una criatura que carecía de atractivo físico porque no cumplía sus expectativas? ¡Joder! ¿Acaso no había visto la casa donde vivía?

—Tráelo —le dijo sin más.

—Vale. —Soltó una risilla y después recuperó la seriedad—. Supuestamente ibas a pasar el fin de semana con Shelby.

—Sí.

—¿Por qué no ha venido contigo?

—Quería quedarse para asistir a la fiesta de compromiso de su prima.

—¡Ah! —exclamó con un hilo de voz—. Espero que no... haya problemas.

—Yo no lo llamaría así. Pero las cosas no van bien entre nosotros.

Sus palabras fueron recibidas por un largo silencio. Hasta que Maggie comentó:

—Pero si hacéis una pareja perfecta...

—No sé yo si eso es una buena base para una relación.

—¿Crees que es mejor parecer muy distinto?

—Bueno, eso da para más temas de conversación.

Maggie rio entre dientes.

—En fin, espero que lo solucionéis —le deseó mientras se volvía hacia el coche para abrir la puerta. Una vez que arrojó el bolso al interior, se dio media vuelta para mirarlo. La luz del salpicadero la iluminaba desde atrás.

—Gracias por cuidar a Holly —susurró Mark—. Significa mucho para mí. Si alguna vez necesitas algo, lo que sea, que sepas que puedes contar conmigo. Para cualquier cosa.

—Eres un encanto —replicó ella con expresión tierna.

—No soy un encanto.

—Sí que lo eres. —Y, de forma impulsiva, se acercó a él y lo abrazó, al igual que había hecho con Sam.

Mark la rodeó con los brazos. Por fin sabía lo que era tenerla entre sus brazos, pegada a él. Sus pechos, sus caderas, sus piernas e incluso su cabeza, ya que se había puesto de puntillas para apoyarla en uno de sus hombros. Se abrazaron en silencio un rato, y después hicieron ademán de separarse a la vez.

Sin embargo, se produjo un instante de tensión que no duró más de un segundo. Y luego volvieron a abrazarse, un gesto que les pareció tan natural e inevitable como la fuerza de las mareas. Se abrazaron de nuevo, y en esa ocasión fue un momento apasionado, más sensual y excitante. Ansiaba sentirla por completo. Inclinó la cabeza para acercarse a su pelo y la estrechó con fuerza.

Maggie tenía la cara parcialmente enterrada en su cuello y el roce de su aliento le quemaba la piel, despertando deseos latentes, anhelos irresistibles, inoportunos por su ferocidad. Sin ser consciente de lo que hacía, buscó la fuente de esa atracción, la suavidad de sus labios. Y la besó, sólo una vez.

La notó temblar mientras se pegaba más a él, como si buscara protegerse del frío. Se apartó de sus labios y la besó detrás de la oreja, inhalando su perfume, disfrutando de la suavidad de su piel. El deseo hizo que sus movimientos fueran torpes al principio, pero de todas formas descendió por su cuello con los labios hasta llegar al borde de la sudadera antes de volver a subir. Notó cómo se le erizaba la piel a medida que sus labios la recorrían. La escuchó jadear. Al ver que no se resistía, se apoderó de nuevo de su boca para besarla con toda la pasión que requería el momento. Exploró sus labios, degustó su sabor y dejó que las sensaciones se convirtieran en algo básico y descontrolado.

Maggie respondió de forma tímida al principio, sin mover apenas los labios. Sin embargo, su cuerpo seguía amoldado al suyo, rendido y relajado. En un momento dado, notó que perdía el equilibrio, de modo que le colocó una mano en las caderas para acercarla aún más a él. Y siguió besándola con frenesí hasta que escuchó los gemidos que brotaban del fondo de su garganta, hasta que notó sus dedos acariciarle el pelo con delicadeza.

Sin embargo, al cabo de un momento se apartó de él con un empujón. La palabra «no» flotó entre ellos de forma tan etérea que no estuvo seguro de que Maggie la hubiera pronunciado.

La soltó sin oponer resistencia, aunque su cuerpo acusó el enorme esfuerzo que le supuso dejarla marchar.

Maggie trastabilló hacia atrás y se apoyó en su coche con una expresión tan horrorizada en la cara que se habría echado a reír de no haber estado tan excitado. Respiró hondo unas cuantas veces para recobrar el aliento mientras obligaba a su cuerpo a que se relajara. Y mientras se obligaba a mantenerse alejado de ella.

Maggie fue la primera en hablar.

—No debería haber... No quería... —Le falló la voz, y acabó meneando la cabeza con desesperación—. ¡Ay, Dios!

Mark intentó que su voz sonara normal.

—¿Volverás mañana por la mañana?

—No lo sé. Sí. Es posible.

—Maggie...

—No. Ahora no. No puedo... —La tensión de su voz era palpable, como si estuviera al borde de las lágrimas. Entró en el coche y lo puso en marcha.

Mientras la observaba desde el camino de gravilla, ella condujo hasta la carretera principal y se marchó sin mirar atrás.

10

La alarma despertó a Maggie con sus indignantes pitidos, que comenzaron a intervalos regulares y fueron aumentando de frecuencia y de volumen hasta convertirse casi en una sirena que la obligó a salir de la cama. Con un gemido y a trompicones, llegó a la cómoda y apagó el despertador. Lo había colocado lejos a propósito, ya que hacía mucho que había aprendido que, si lo dejaba en la mesita de noche, era capaz de pulsar el botón para desconectar la alarma sin llegar a despertarse del todo.

Escuchó los rasguños de unas patas sobre el suelo de madera instantes antes de que la puerta del dormitorio se abriera para dejar paso a la enorme cabeza cuadrada de *Renfield*, con su evidente prognatismo. «¡Tachán!», parecía decir su expresión, como si ver a un bulldog medio calvo, jadeante y con problemas de mandíbula fuera la mejor manera de comenzar el día. Las calvas eran el resultado de un eccema, que los antibióticos y una dieta especial habían conseguido controlar. Pero de momento no le había vuelto a crecer el pelo. La mala estructura ósea le confería un aspecto extraño cuando caminaba o corría, como si fuera en diagonal.

—Buenos días, monstruito —dijo Maggie, que se agachó para acariciarlo—. Menuda nochecita. —Apenas había dormido. Y se había pasado la noche dando vueltas y soñando.

En ese momento, recordó por qué no había dormido bien.

Se le escapó un gemido y su mano se quedó quieta en la cabeza pelona de *Renfield*.

El beso de Mark... Así como su respuesta al beso de Mark...

Y no le quedaban demasiadas alternativas, tendría que verlo al cabo de un rato. Si no lo hacía, Mark podría sacar conclusiones equivocadas. La única alternativa era ir a Viñedos Sotavento y comportarse como si tal cosa. Tendría que mostrarse alegre e indiferente.

Entró a trompicones en el cuarto de baño de su *bungalow* de un dormitorio, se lavó la cara y se la secó con una toalla. Y se dejó la toalla apretada contra la cara cuando sintió el escozor de las lágrimas. Por un instante, se permitió rememorar el beso. Había pasado muchísimo tiempo desde que alguien la abrazó con pasión, desde que un hombre la abrazó con fuerza y la estrechó contra su cuerpo. Y Mark era tan fuerte... era tan vital... Que resultaba casi un milagro que no hubiera caído en la tentación. Cualquier otra lo habría hecho.

Algunas de las sensaciones le resultaron conocidas, pero otras fueron totalmente novedosas. No recordaba haber sentido ese deseo tan arrollador, ni la pasión que la recorrió por entero y que le pareció una traición... y una fuente de peligro. Era demasiado alarmante para una mujer cuya vida ya sufrió un vuelco espantoso. Nada de aventuras apasionadas, alocadas y potencialmente dolorosas para ella... No deseaba más heridas, ni más pérdidas... Necesitaba paz y tranquilidad.

Aunque todo eso era pensar por pensar. Tenía todos los motivos del mundo para creer que Mark haría las paces con Shelby muy pronto. Ella sólo había sido una distracción pasajera, un tonteo sin importancia. Era imposible que Mark quisiera lidiar con todos los problemas que arrastraba; unos problemas que ni ella misma quería analizar. Mark no le daría la menor importancia a lo de la noche anterior.

Y ella tenía que convencerse, como fuera, de que también carecía de importancia.

Soltó la toalla y miró a *Renfield*, que jadeaba y roncaba a su lado.

—Soy una mujer de mundo —le dijo—. Puedo enfrentarme a esto. Vamos a ir al viñedo y te dejaré allí para que pases el día. Y tú vas a intentar ser el perro más normal del mundo.

Después de ponerse una falda vaquera, botas de tacón bajo y una chaqueta entallada, se maquilló un poco. Un toque de colorete, la máscara de pestañas, el brillo labial y el corrector consiguieron finalmente camuflar los estragos de una noche sin dormir. Pero ¿se había pasado? ¿Creería Mark que estaba intentando llamar su atención? Puso los ojos en blanco y meneó la cabeza para desechar semejantes pensamientos.

Renfield estaba fuera de sí cuando lo metió en el coche, ya que le encantaba visitar sitios nuevos. El perro intentó sacar la cabeza por la ventanilla, pero ella sujetó la correa con inusitada fuerza, ya que temía que su regordete amigo pudiera caerse del coche accidentalmente.

El día era fresco y despejado; el cielo tenía un azul muy claro veteado en algunas partes por unas diáfanas nubes. Al darse cuenta de que su nerviosismo iba en aumento conforme se acercaba al viñedo, Maggie inspiró hondo una vez, y luego otra, y repitió el proceso hasta que su respiración se tornó casi tan jadeante como la de *Renfield*.

Sam y sus empleados estaban trabajando entre las viñas, podando los vástagos del año anterior y dándole forma a las cepas a fin de prepararlas para el invierno. Maggie condujo hasta la casa, aparcó y miró a *Renfield*.

—Vamos a comportarnos con naturalidad y con seguridad —le dijo—. Sin problemas.

El bulldog la acarició con la cabeza, exigiéndole que le rascara. Maggie hizo lo que le pedía y suspiró.

—Vamos allá.

Llevó al perro hasta la puerta principal, sin llegar a soltar la correa de la mano, aunque se detuvo con paciencia mientras el pobre hacía un descanso entre escalón y escalón. Antes de que pudiera llamar, la puerta se abrió y apareció Mark en vaqueros y camisa de franela. Estaba para comérselo con la camisa arrugada y el pelo alborotado, tanto era así que sintió una punzada en el estómago.

—Pasa. —Su voz, muy ronca por la mañana, le resultó agradable.

Maggie tiró del perro para obligarle a entrar en la casa.

Los ojos de Mark lo miraron con expresión de regocijo.

—*Renfield* —dijo, y se puso en cuclillas.

El perro se acercó a él de inmediato. Mark lo acarició con más fuerza de lo que ella solía hacerlo, de modo que la piel del cuello comenzó a moverse con vigor. *Renfield* estaba en la gloria. Como no tenía rabo, se puso a menear los cuartos traseros, consiguiendo en el proceso una buena imitación de Shakira.

—Pareces un cuadro de Picasso —le dijo Mark—. Del periodo cubista.

Jadeando extasiado, *Renfield* le lamió las muñecas

169

y se tumbó en el suelo, despatarrado completamente.

Pese al nerviosismo, Maggie se vio obligada a echarse a reír al verlo tumbado de esa manera.

—¿Estás seguro de que no vas a cambiar de opinión? —le preguntó a Mark.

Él la miró con la misma expresión alegre.

—Segurísimo —contestó.

Acto seguido, Mark apartó la correa del collar, se levantó para mirarla a la cara y le quitó la correa de las manos con infinita delicadeza. Cuando sus dedos se rozaron, Maggie sintió que el pulso se le disparaba y que empezaban a temblarle las rodillas. Por un instante, se imaginó la maravillosa sensación de poder dejarse caer al suelo tal como lo había hecho *Renfield*.

—¿Cómo está Holly? —consiguió preguntar.

—Genial. Está comiendo gelatina y viendo dibujos animados. La fiebre le subió otra vez durante la noche, pero después desapareció. Está un poco débil. —Mark la observó con detenimiento, como si quisiera memorizar todos los detalles de su persona—. Maggie... no fue mi intención asustarte.

Maggie sintió el corazón a punto de salírsele del pecho.

—No me asustaste. No sé por qué sucedió. Seguro que fue por el vino.

—No bebimos vino. El del vino fue Sam.

Sus palabras tuvieron el efecto de provocarle un ardiente sonrojo.

—En fin, el caso es que se nos fue la cabeza. Seguramente por la luna llena.

—No había luna.

—Era tarde. Alrededor de medianoche...

—Eran las diez.

—... y tú estabas agradecido porque había ayudado a cuidar a Holly y...

—No estaba agradecido. Bueno, sí estaba agradecido, pero no te besé por eso.

La voz de Maggie adquirió un deje desesperado para añadir:

—En resumen, que no siento eso por ti.

Mark la miró con gesto escéptico.

—Me devolviste el beso.

—Un gesto amistoso... Fue un beso amistoso... —Frunció el ceño al darse cuenta de que Mark no se lo tragaba—. Te devolví el beso por educación.

—¿Algo protocolario?

—Sí.

Mark extendió los brazos, la pegó contra su cuerpo y la estrechó con fuerza. Maggie se quedó tan sorprendida que ni siquiera protestó. En ese momento, Mark inclinó la cabeza y le dio un beso tan lento y demoledor que se echó a temblar de la cabeza a los pies. El deseo se apoderó de ella, y la dejó débil y a su merced.

Mark le enterró una mano en el pelo y jugueteó con sus rizos antes de dejarla quieta. El mundo se desvaneció y sólo quedó el placer, el deseo y ese anhelo tan doloroso y dulce que la inundaba. Cuando por fin se separaron, Maggie estaba temblando de la cabeza a los pies.

Mark clavó la mirada en sus ojos aturdidos y enarcó un poquito las cejas, como si quisiera preguntarle con el gesto si había demostrado su postura.

Maggie respondió la silenciosa pregunta haciendo un sutil gesto de asentimiento.

Mark la instó a apoyar la cabeza en su hombro con mucha delicadeza y esperó a que las piernas dejaran de temblarle.

—Tengo que ocuparme de unas cuantas cosas —lo oyó decir por encima de su cabeza—, entre las que se incluye solucionar lo mío con Shelby.

Maggie se apartó y lo miró presa del nerviosismo.

—Por favor, no cortes con ella por mi culpa.

—Tú no tienes nada que ver. —Mark le rozó la punta de la nariz con los labios—. El problema es que Shelby se merece muchísimo más que ser la mujer con la que alguien se conforma. En un momento dado, creí que sería buena para Holly y que con eso bastaría. Pero últimamente me he dado cuenta de que no puede ser buena para Holly si no es buena para mí.

—Ahora mismo no puedo enfrentarme a esto, es demasiado —le aseguró sin tapujos—. No estoy preparada.

Mark jugueteó con su pelo, deslizando los dedos por sus rizos.

—¿Cuándo crees que estarás preparada?

—No lo sé. Primero necesito un hombre transitorio.

—Yo seré esa transición.

Mark era capaz de arrancarle una sonrisa aun estando confundida.

—¿Y quién vendrá después? —le preguntó ella.

—Pues yo.

Se le escapó una carcajada desesperada al escucharlo.

—Mark, yo no...

—Chitón —le dijo él con suavidad—. Es demasiado pronto para tener esta conversación. No hay nada por lo que debas preocuparte. Entra. Vamos a ver a Holly.

Renfield se puso en pie con mucho esfuerzo y los siguió.

Holly estaba en la salita emplazada junto a la cocina, acurrucada en el sofá, envuelta en mantas y cojines. Ya no tenía los ojos brillantes ni la cara desencajada del día anterior, pero seguía muy débil y pálida. Al verla, la niña sonrió y extendió los brazos.

Maggie se acercó a ella y la abrazó.

—¡Adivina a quién he traído! —dijo contra los mechones enredados de Holly.

—*¡Renfield!* —exclamó la niña.

Al reconocer su nombre, el bulldog se acercó alegremente al sofá, con sus ojos saltones y su sempiterna mueca. Holly lo miró con recelo y se apartó al ver que colocaba las patas delanteras sobre el sofá y se levantaba sobre las traseras.

—Tiene una pinta muy rara —le susurró a Maggie.

—Sí, pero él no lo sabe. Se cree guapísimo.

Holly soltó una risilla y se inclinó hacia delante para acariciarlo.

Con un suspiro, *Renfield* apoyó su enorme cabeza en Holly y cerró los ojos, extasiado.

—Le encanta que le presten atención —le explicó a Holly, que comenzó a hacerle carantoñas al encantado bulldog y a hablarle como si fuera un bebé. Maggie sonrió y le dio un beso a la niña en la cabeza—. Tengo que irme. Gracias por cuidarlo hoy, Holly. Cuando vuelva a recogerlo, te traeré una sorpresa de la juguetería.

Mark observaba la escena desde la puerta con expresión tierna y pensativa.

—¿Quieres desayunar? —le preguntó—. Tenemos huevos y tostadas.

—Gracias, pero ya he comido unos cereales.

—¡Come un poco de gelatina! —exclamó Holly—. El tío Mark ha hecho de tres colores. Me ha dado un poco de cada y me ha dicho que era un cuenco de arcoíris.

—¿En serio? —Maggie lo miró con una sonrisa interrogante—. Me alegra saber que tu tío usa la imaginación.

—No sabes hasta qué punto... —replicó el susodicho.

Mark la acompañó a la puerta y le dio el termo lleno de café. A Maggie le preocupaba la sensación tan hogareña que la había asaltado. El perro, la niña, el hombre con camisa de franela, incluso la casa, una mansión victoriana restaurada... todo era perfecto.

—No me parece un trato justo —dijo—. Un café especial a cambio de un día con *Renfield*.

—Si consigo verte dos veces en un día —replicó Mark—, estaré encantado de hacer tratos así.

11

A lo largo de las dos semanas siguientes, Maggie era consciente de que cada vez veía más a Mark Nolan. Para su alivio, él pareció aceptar que sólo estaba interesada en su amistad. Se pasaba mucho por la juguetería con el termo lleno de café y también le llevaba pasteles que compraba en una pastelería cercana. Cruasanes bañados de chocolate crujiente, tartaletas de albaricoque o barquillos cubiertos de azúcar glasé. De vez en cuando, incluso la convencía para que almorzara con él. En una ocasión fueron a Market Chef y en otra a un bar donde se demoraron hasta que se dio cuenta de que llevaban dos horas hablando.

Era incapaz de rechazar sus invitaciones porque era incapaz de señalar una sola ocasión en la que Mark se le hubiera insinuado. De hecho, era más bien lo contrario. Se había esforzado para que olvidara sus temores.

Nada de besos ni de indirectas, nada que mostrara que estaba interesado en ella de otro modo que no fuera amistoso.

Mark fue a Seattle para cortar con Shelby, que al parecer se lo había tomado mejor de lo esperado. Cuando le describió el momento, Mark no entró en detalles, pero sí le pareció muy aliviado.

—Nada de lágrimas, ni de llantos, ni de escenas dramáticas —le dijo. Y después de una pausa perfectamente milimetrada añadió—: Y por parte de Shelby tampoco.

—Todavía sientes algo por ella —le recordó Maggie—. Es posible que podáis arreglar las cosas.

—No siento nada por ella.

—Nunca se sabe. ¿Has borrado su número de teléfono ya?

—Ajá.

—¿Le has devuelto las cosas que tenía en tu casa?

—Nunca le di la oportunidad de que dejara algo. Sam y yo tenemos una regla: nada de invitadas a dormir mientras Holly esté en casa.

—Entonces cuando Shelby venía a verte, ¿dónde...?

—Nos quedábamos en un Bed & Breakfast.

—Vaya... —comentó—. Supongo que la ruptura es definitiva. ¿Seguro que no estás en una fase de negación? Es normal sentirse triste cuando pierdes algo.

—No he perdido nada. Nunca pienso en las relaciones fallidas como en una pérdida de tiempo. Porque siempre se aprende algo.

—¿Qué has aprendido de Shelby? —le preguntó Maggie, fascinada.

Mark reflexionó en profundidad.

—Al principio, pensé que la falta de discusiones era algo bueno. Pero ahora me doy cuenta de que era una señal de que no conectábamos.

Holly no tardó en pedir otro día con *Renfield*, y Maggie volvió a llevarlo a Viñedos Sotavento. Al acercarse a la casa, vio que habían colocado una rampa desmontable sobre una parte de los escalones. El perro subió la rampa con más facilidad que los estrechos y empinados escalones.

—¿Lo has hecho para facilitarle las cosas a *Renfield*? —preguntó Maggie cuando Mark abrió la puerta.

—¿Te refieres a la rampa? Sí. ¿Ha funcionado?

—Perfectamente. —Sonrió agradecida, al darse cuenta de que Mark había notado las dificultades que tuvo el perro con los escalones y había ideado una forma de facilitarle la entrada y la salida de la casa.

—¿Sigues buscando un hogar para él? —preguntó Mark mientras sujetaba la puerta para que entraran. Se inclinó para acariciar a *Renfield* cuando pasó por su lado, y el perro lo miró con la misma expresión que una gárgola medieval, incluida la lengua colgando.

—Sí, pero de momento no he tenido mucha suerte —contestó ella—. Tiene demasiados problemas. Es posible que necesite una prótesis de cadera en algún momento, y luego está su problema de prognatismo. Y el eccema. Un perro caro de mantener pero bonito sería una cosa. Pero con el aspecto de *Renfield*... nadie lo quiere.

—En realidad, y si no te importa —dijo Mark, hablando muy despacio—, nos gustaría quedarnos con él.

Maggie se quedó pasmada.

—¿Te refieres de forma permanente?

—Sí. ¿Por qué te sorprende tanto?

—No es tu tipo de perro.

—¿Y cuál es mi tipo de perro?

—Bueno, pues uno normal. Un labrador o un springer spaniel. Un perro que pueda ir contigo a correr y eso.

—Subiré a *Renfield* a un monopatín. Sam y Holly estuvieron enseñándole a mantener el equilibrio en uno el otro día.

—Pero no podrás llevártelo cuando salgas a pescar. Los bulldogs no saben nadar.

—Le pondremos un chaleco salvavidas. —Mark le regaló una misteriosa sonrisa—. ¿Por qué te molesta que quiera quedarme con él?

Entre tanto, *Renfield* no paraba de mirarlos primero a uno y luego al otro.

—No me molesta. Es que no entiendo por qué lo quieres.

—Me gusta su compañía. Es un perro tranquilo. Sam dice que será estupendo para mantener el viñedo libre de alimañas. Y lo más importante: Holly lo quiere.

—Pero necesita muchos cuidados. Tiene alergias cutáneas. Necesita un pienso especial, un champú especial y las facturas del veterinario serán numerosas. No sé si entiendes todo lo que te espera.

—Sea lo que sea, ya me las apañaré.

Por su parte, Maggie no entendía el porqué de la enorme emoción que la abrumaba. Se acuclilló al lado del perro y empezó a acariciarlo, manteniendo la cara vuelta para que Mark no la viera.

—*Renfield*, parece que ya tienes un hogar —dijo con la voz ronca.

Mark se arrodilló a su lado y le aferró la barbilla con una mano para instalar a levantar la cabeza y a mirarlo. Esos ojos azules la miraron con ternura y preocupación.

—Oye —le dijo—, ¿qué pasa? ¿Te arrepientes de separarte de él?

—No. Es que no me lo esperaba.

—¿No me crees capaz de mantener un compromiso porque sé que va a haber problemas en el futuro? —Le acarició la mejilla con el pulgar—. Estoy aprendiendo a vivir la vida tal como se presenta. Tener un perro como *Renfield* va a suponer inconvenientes, problemas y gastos. Pero merecerá la pena. Tenías razón. Hay algo noble en él. Es feo por fuera, pero tiene una autoestima de narices. Es un buen perro.

Maggie quería sonreír, pero le tembló la barbilla y la emoción amenazó con volver a abrumarla.

—Eres un buen hombre —consiguió decir—. Espero que algún día encuentres a una mujer que sepa apreciarte.

—Yo también lo espero —replicó él con voz alegre—. ¿Ya podemos levantarnos del suelo?

Cuando Mark le preguntó por los planes que tenía para el Día de Acción de Gracias, Maggie le dijo que todos los años lo pasaba en Bellingham con sus padres. Salvo por el pavo, que lo preparaba su madre, el resto del menú consistía en una amplia variedad de platos que cada cual aportaba a su gusto.

—Si quieres quedarte este año en la isla, puedes pasarlo con nosotros —la invitó Mark.

Maggie notó esa sensación que experimentaba cada vez que se descubría anhelando algo que ya había decidido rechazar: la última galleta del plato, la última copa de vino porque ya había bebido demasiado... Pasar esos días de vacaciones con Mark y Holly crearía un vínculo importante, supondría un exceso de cercanía.

—Gracias, pero prefiero mantener la tradición —rehusó con una sonrisa forzada—. Mi familia espera que lleve mi timbal de macarrones.

—¿Tu timbal de macarrones? —preguntó Mark con voz apenada—. ¿La receta de tu abuela con cuatro tipos de queso y los picatostes?

—¿Te acuerdas de eso?

—¿Cómo voy a olvidarlo? —La miró con una expresión suplicante—. ¿Traerás las sobras?

Maggie se echó a reír.

—No tienes vergüenza. Haré un timbal extra. ¿Quieres que te haga también alguna tarta?

—¿En serio?

—¿De qué la quieres? ¿De calabaza, de manzana, de nueces pacanas...?

—Sorpréndeme —contestó, y le robó un beso con tal rapidez que Maggie no tuvo tiempo para reaccionar.

El día anterior a Acción de Gracias, Maggie fue a por Holly a Viñedos Sotavento y se la llevó a su casa.

—¿Yo también estoy invitado? —le preguntó Sam antes de que se marcharan.

—No, es un día sólo para chicas —contestó Maggie entre risillas.

—¿Y si me pongo peluca? ¿Y si hablo en falsete?

—Tío Sam —dijo la niña con alegría—, eres la peor chica del mundo.

—Y tú eres la mejor —replicó Sam, que le dio un sonoro beso—. Vale, iros sin mí. Pero será mejor que me traigáis una tarta enorme.

Una vez que estuvieron en su casa, Maggie puso música, encendió el fuego en la chimenea y le colocó a Holly uno de sus delantales. Después, le enseñó a usar un rallador de queso tradicional. Aunque había pensado utilizar una picadora para la mayor parte del queso, quería que Holly aprendiera a rallar a mano. Fue entrañable ver la alegría de la niña mientras se afanaba por hacer las sencillas tareas de pesar las cantidades, remover la comida y probarla.

—Éstos son los distintos tipos de queso que vamos a usar —dijo Maggie—. Cheddar irlandés, parmesano, gouda ahumado y gruyère. Una vez que lo rallemos todo, lo fundiremos con la mantequilla y la leche...

La cocina olía de forma deliciosa, a queso caliente, a azúcar y a harina. La compañía de la niña le recordó el milagro que suponía transformar unos cuantos ingredientes sencillos en algo maravilloso. Hicieron un timbal de macarrones como para alimentar a un ejército y lo cubrieron con picatostes, que habían tostado previamente en una sartén con mantequilla. Además hicieron dos tartas, una rellena de calabaza y otra con nueces pacanas. Maggie le enseñó a Holly a sellar bien los bordes de pasta quebrada.

Cortaron el resto de la pasta con moldes de distintas formas, la espolvorearon con azúcar y canela, y la pusieron en el horno para hacer galletas.

—Mi madre las llama galletas de las sobras —dijo Maggie.

Holly miró las galletas a través del cristal del horno.

—¿Tu madre todavía está viva? —quiso saber.

—Sí. —Maggie soltó el rodillo de amasar que estaba manchado de harina y se acercó a la niña. Se arrodilló a su lado, la rodeó con sus brazos y juntas contemplaron el interior del horno—. ¿Qué tipo de tartas hacía tu madre? —le preguntó.

—No hacía tartas —respondió Holly—. Hacía galletas.

—¿De chocolate?

—Ajá. Y de canela y nuez moscada.

Maggie sabía que ayudaba mucho poder hablar de los que se habían ido. Recordar era bueno. De modo que siguieron hablando mientras horneaban, no a modo de larga conversación, sino a ratitos, combinando los recuerdos con los deliciosos aromas procedentes del horno.

Cuando por la tarde devolvió a Holly a casa, la niña se despidió abrazándola por la cintura durante un buen rato.

—¿Seguro que no quieres pasar el Día de Acción de Gracias con nosotros? —le preguntó, y su voz quedó sofocada porque tenía la cara pegada a su jersey.

La apesadumbrada mirada de Maggie se clavó en Mark, que estaba observándolas.

—No puede, Holly —le recordó él con suavidad—. La familia de Maggie necesita que esté con ellos.

Salvo que en realidad sí podía, y su familia no la necesitaba.

La culpa y la preocupación comenzaron a disipar los buenos sentimientos que habían ido creciendo en su interior durante la tarde. Miró a Mark, que la contemplaba con expresión compasiva, y se dio cuenta de lo fácil que sería enamorarse de él y de Holly. Y de lo mucho que perdería si llegaba a suceder. Tanto que si los perdiera, no podría sobrevivir. Sin embargo, si lograra mantenerse a cierta distancia, no se arriesgaría a que le destrozaran por completo el corazón.

Le dio unas palmaditas a Holly en la espalda y se zafó con delicadeza de su fervoroso abrazo.

—De verdad que tengo que ir mañana a Bellingham —le dijo—. Adiós, Holly. Me lo he pasado muy bien hoy. —Se agachó y le dio un beso en una suave mejilla, ligeramente perfumada con canela.

La mañana del Día de Acción de Gracias, Maggie se pasó la plancha por el pelo, se puso unos vaqueros, unos botines, un jersey de color tostado y colocó la enorme fuente con el timbal de macarrones en el coche.

Estaba a punto de dejar atrás el camino de entrada a su casa cuando sonó su móvil. Detuvo el coche, rebuscó en el bolso hasta dar con el teléfono entre los papeles, las barras de labios y la calderilla.

—¿Diga?

—¿Maggie?

—¿Holly? —preguntó, alarmada—. ¿Cómo estás?

—Genial —fue la alegre respuesta de la niña—. ¡Feliz Día de Acción de Gracias!

Maggie sonrió, algo más relajada.

—Feliz Día de Acción de Gracias. ¿Qué estás haciendo?

—He dejado salir a *Renfield* para que haga pis y cuando ha entrado le he echado pienso en el comedero y le he dicho que beba agua.

—Veo que lo estás cuidando muy bien.

—Pero después el tío Mark nos obligó a salir de la cocina mientras ellos limpiaban el humo.

—¿El humo? —la sonrisa de Maggie se desvaneció—. ¿Por qué había humo?

—Porque el tío Sam estaba cocinando. Y después llamó al tío Alex y ahora está quitando la puerta del horno.

Maggie frunció el ceño. ¿A santo de qué estaba Alex quitando la puerta del horno?

—Holly, ¿dónde está el tío Mark?

—Está buscando sus gafas protectoras.

—¿Para qué necesita unas gafas protectoras?

—Para ayudar al tío Sam a preparar el pavo.

—Entiendo. —Maggie le echó un vistazo al reloj. Si se daba prisa, podía pasarse por Viñedos Sotavento y llegaría con tiempo para coger el último ferry de la mañana a Anacortes—. Holly, creo que voy a ir a tu casa a echar un vistazo antes de coger el ferry.

—¡Bien! —exclamó la niña con entusiasmo—. Pero... es mejor que no digas que te he llamado. Porque a lo mejor me riñen.

—Mis labios están sellados —le aseguró.

Antes de que Maggie pudiera replicar, se escuchó una voz masculina de fondo.

—Holly, ¿con quién hablas?

Maggie le dijo:

—Dile que es una encuesta.

—Una señora está haciendo una encuesta —escuchó decir a la niña. Tras unos cuantos murmullos, Holly añadió dándose mucha importancia—: Mi tío dice que no hacemos encuestas. —Una pausa y más murmullos—. Y que nos borre de la base de datos —añadió con voz firme.

Maggie sonrió.

—En fin, en ese caso tendré que ir en persona.

—Vale. ¡Adiós!

Hacía frío y un poco de viento, el clima perfecto para celebrar el Día de Acción de Gracias porque evocaba imágenes de chimeneas encendidas, de pavos en el horno y del desfile de Macy's en televisión.

Vio que había un flamante y lujoso BMW en el camino de acceso a Viñedos Sotavento. No le cupo duda de que era el coche de Alex, el Nolan al que aún no conocía. Sintiéndose como una intrusa, pero instigada por la preocupación, aparcó y subió los escalones del porche.

Holly salió a recibirla, vestida con unos pantalones de pana y una camiseta de manga larga con un simpático pavo.

—¡Maggie! —gritó la niña, que comenzó a dar saltos mientras se abrazaban.

Renfield salió a recibirla, jadeando con gran alegría.

—¿Dónde están tus tíos? —le preguntó a la niña.

—El tío Alex está en la cocina. *Renfield* y yo lo estamos ayudando. No sé dónde están los demás.

En el aire flotaba el conocido hedor a algo quemado, que se intensificó a medida que se acercaban a la cocina. Un hombre moreno estaba intentando quitar la puerta del horno, con un destornillador en una mano y una gigantesca caja de herramientas al lado.

Alex Nolan era una versión más pulida y sofisticada de sus hermanos mayores. Era guapo, pero tenía una expresión distante, y sus ojos eran de un gélido y cristalino azul. Al igual que Sam, era delgado y musculoso, pero no tan corpulento como Mark. El polo que llevaba y los pantalones chinos eran informales, pero indudablemente caros.

—Hola —dijo—. ¿Quién es, Holly?

—Es Maggie.

—Por favor, no te levantes —se apresuró a decirle ella al verlo soltar el destornillador para incorporarse—. Es evidente que estás muy... ocupado. ¿Puedo preguntar qué ha pasado?

—Sam metió algo en el horno y en vez de seleccionar la temperatura adecuada, seleccionó el programa de autolimpieza. El horno ha incinerado la comida y ha bloqueado la puerta automáticamente, así que no podían abrirla y sacar la bandeja.

—Lo normal es que el horno permita abrir la puerta cuando baja la temperatura.

Alex meneó la cabeza.

—Ya se ha enfriado, pero no hay manera de abrirla. Es nuevo y es la primera vez que se usa el programa de autolimpieza. Al parecer, tiene un fallo, así que me toca desarmar la puerta.

Antes de que pudiera hacerle otra pregunta, le sorprendió un repentino fogonazo y una especie de llamarada, acompañada por una humareda, que se produjo al otro lado de la ventana del patio. De forma instintiva, Maggie se volvió para proteger a Holly y agachó la cabeza.

—¡Madre mía! ¿Qué es eso?

Alex clavó la vista en la puerta trasera con expresión imperturbable.

—Creo que ha sido el pavo.

12

La puerta trasera se abrió de golpe y por ella entró una enorme figura envuelta en una nube de humo. Era Mark, que llevaba gafas de seguridad y unos largos guantes acolchados que le llegaban hasta los codos. Se acercó al fregadero, rebuscó en el armario y sacó un extintor.

—¿Qué ha pasado? —preguntó Alex.

—El pavo ha explotado en cuanto lo hemos metido en la freidora.

—¿Lo habéis descongelado antes?

—Ha estado dos días descongelándose en el frigorífico —contestó Mark, recalcando la parte del tiempo. Al ver a Maggie, se quedó de piedra—. ¿Qué haces aquí?

—Eso no importa. ¿Sam está bien?

—De momento. Pero no lo estará en cuanto le ponga las manos encima.

Se produjo otro nuevo fogonazo en el exterior, acompañado por unos cuantos improperios.

—Será mucho mejor que apagues el pavo —sugirió Alex.

Mark lo fulminó con la mirada.

—¿Te refieres al pajarraco o a Sam? —Y desapareció rápidamente mientras cerraba la puerta al salir.

Maggie fue la primera en hablar.

—Cualquier método culinario que implique vestirse con protección de los pies a la cabeza...

—Lo sé.

Alex se frotó los ojos. Parecía llevar bastante tiempo sin dormir bien.

Cuando dirigió la mirada al reloj que había en la pared, Maggie se dio cuenta de que si se marchaba en ese preciso momento, tendría el tiempo justo para llegar al ferry.

Pensó en el Día de Acción de Gracias en casa de sus padres, en las hordas de niños, en la cocina abarrotada, en sus hermanos y sus respectivos cónyuges pelando, cortando y mezclando ingredientes. Y después pensó en la larga y amena cena... y en la conocida sensación de encontrarse sola rodeada por una multitud. Nadie la necesitaba en casa de sus padres. En Viñedos Sotavento, en cambio, saltaba a la vista que podría ser de cierta utilidad. Miró a Holly, que estaba apoyada en ella, y le dio unas palmaditas en la espalda para tranquilizarla.

—Alex —preguntó—, ¿podrá funcionar el horno hoy?

—Dame media hora —respondió él.

Maggie se acercó al frigorífico, lo abrió y vio que había leche, huevos, mantequilla y verduras frescas. La alacena también estaba muy bien provista. Salvo por el pavo, parecían tener todo lo necesario para preparar una cena de Acción de Gracias. El problema era que no sabían qué hacer con todo eso.

—Holly, cariño, ve a por tu chaqueta —le dijo a la niña—. Te vienes conmigo.

—¿Adónde vamos?

—A hacer un par de recados.

Cuando la niña se fue en busca de su chaqueta, Maggie le dijo a Alex:

—La traeré enseguida.

—A lo mejor ya no estoy aquí —replicó él—. En cuanto arregle esto, me vuelvo a mi casa.

—¿Vas a pasar el Día de Acción de Gracias con tu mujer?

—No, mi mujer está en San Diego con su familia. Nos estamos divorciando. Tengo planeado pasar el día bebiendo hasta que me sienta tan feliz como cuando era soltero.

—Lo siento —dijo Maggie, y lo decía de corazón.

Alex se encogió de hombros.

—El matrimonio es una mierda —dijo con voz fría—. Cuando nos casamos, sabía que teníamos un cincuenta por ciento de probabilidades de que funcionara.

Maggie lo miró con expresión pensativa.

—No creo que uno deba casarse a menos que esté seguro al cien por cien.

—Eso no es realista.

—No —admitió ella con una media sonrisa—. Pero es un buen comienzo. —Se volvió hacia Holly, que había regresado con su chaqueta.

—Antes de irte, ¿podrías hacer algo con ese perro? —le preguntó Alex antes de lanzarle una mirada asesina a *Renfield*, que estaba sentado tan tranquilo.

—¿Te molesta?

—Cuando me mira con esos ojos de desquiciado, me entran ganas de vacunarme o algo.

—Así es como *Renfield* mira a la gente, tío Alex —le explicó Holly—. Eso quiere decir que le gustas.

Maggie cogió a Holly de la mano, salió de la casa y pulsó una tecla de marcación rápida en su móvil de camino al coche. Contestaron de inmediato.

—Feliz Día de Acción de Gracias —escuchó que decía su padre.

Maggie sonrió al oír los ruidos tan conocidos de fondo, una mezcla de ladridos, llantos de bebé, golpes de platos y cazuelas, y la melodía de Perry Como y su «En casa de vacaciones».

—Hola, papá. Feliz Acción de Gracias a ti también.

—¿Vienes de camino?

—Pues no. Y me estaba preguntando... ¿crees que este año podríais pasar sin mi timbal de macarrones con queso?

—Depende. ¿Por qué tendría que conformarme y pasar sin él?

—Estaba pensando en pasar Acción de Gracias con unos amigos, aquí en la isla.

—¿Uno de esos amigos es quizá don Trayecto en Ferry?

Maggie sonrió a su pesar.

—¿Por qué siempre me voy de la lengua contigo?

Su padre se echó a reír.

—Que te lo pases bien y llámame después para contármelo. Y en cuanto a mi timbal de macarrones con queso, mételo en el congelador y tráemelo la próxima vez que vengas.

—No puedo, tengo que servirlo hoy. Mi amigo, que se llama Mark, ha incinerado las guarniciones y ha volado el pavo.

—¿Así ha conseguido que te quedes? Qué listo.

—No creo que lo hiciera a propósito —replicó con una carcajada—. Te quiero, papá. Dale a mamá un beso de mi parte. Y gracias por ser tan comprensivo.

—Pareces feliz, cariño... —dijo su padre—. Eso hace que me sienta más agradecido que nada de este mundo.

«Soy feliz», se dio cuenta Maggie cuando cortó la llamada. Se sentía... eufórica. Sentó a Holly al asiento trasero del coche y se inclinó para abrocharle el cinturón de seguridad. Mientras ajustaba bien las cintas, recordó el fuego y el humo que había visto a través de la ventana de la cocina y fue incapaz de contener una carcajada.

—¿Te estás riendo porque mis tíos han volado el pavo? —preguntó Holly.

Maggie asintió con la cabeza mientras intentaba, sin éxito, contener otra carcajada.

Holly comenzó a reírse. Sus ojos se encontraron y la niña dijo con inocencia:

—No sabía que los pavos volaban.

El comentario hizo que ambas se echaran a reír, y se abrazaron, entre carcajadas, hasta que Maggie tuvo que secarse las lágrimas.

Cuando Maggie y Holly volvieron a la casa, Mark y Sam ya habían limpiado el desastre del patio trasero y estaban en la cocina, pelando patatas. Al ver a Maggie, Mark se acercó a ella de inmediato para quitarle el pesado paquete que llevaba en las manos: un enorme recipiente de aluminio con pavo suficiente como para darle de comer a una familia de doce personas. Holly la seguía con un enorme tarro de salsa. El olor del pavo asado con salvia, ajo y albahaca se filtraba a través de la tapa.

—¿De dónde ha salido todo esto? —preguntó Mark, que dejó el recipiente en la encimera.

Maggie lo miró con una sonrisa.

—Viene bien tener contactos. El yerno de Elizabeth tiene un restaurante en Roche Harbor Road y sirven menú de Acción de Gracias todo el día. Así que llamé y pedí pavo para llevar.

Mark apoyó una mano en la encimera y la observó con detenimiento. Recién duchado y afeitado, tenía un atractivo muy viril que provocó el despertar de sus sentidos.

Escuchar esa voz ronca le provocó un hormigueo en el estómago.

—¿Por qué no has cogido el ferry?

—He cambiado de opinión.

Mark inclinó la cabeza y la besó con ternura, pero de forma tan arrolladora que se ruborizó y se le aflojaron las rodillas. Mientras parpadeaba, Maggie se dio cuenta de que Mark la había besado delante de su familia. Lo miró con el ceño fruncido y después clavó la vista más allá de su hombro para ver si los estaban mirando, pero Sam estaba absorto pelando patatas y Alex se había puesto a preparar una ensalada en un enorme cuenco de madera. Holly estaba en el suelo con *Renfield*, dejando que el perro lamiera la tapa del tarro de salsa.

—Holly, asegúrate de tirar esa tapa cuando *Renfield* termine con ella —le dijo—. No vuelvas a ponérsela al tarro.

—Vale. Pero mi amigo Christian dice que la boca de un perro está mucho más limpia que la de un humano.

—Pregúntale a tu tío Mark —dijo Sam— si prefiere besar a Maggie o a *Renfield*.

—Sam —lo reprendió el aludido, pero su hermano se limitó a mirarlo con una sonrisa.

Con una risilla, Holly apartó la tapa de *Renfield* y la tiró con mucha ceremonia al cubo de la basura.

Bajo la batuta de Maggie, el grupo consiguió preparar una cena de Acción de Gracias bastante aceptable, incluido el timbal de macarrones con queso, un gratinado de patatas, guisantes salteados, ensalada, pavo y una salsa sencilla a base de picatostes, nueces y salvia.

Sam abrió una botella de vino tinto y llenó copas para los adultos. Y con mucha pompa llenó una copa con zumo de mosto para Holly.

—Yo haré el primer brindis —dijo—. Por Maggie, gracias por haber salvado el Día de Acción de Gracias. —Todos se sumaron al brindis.

Maggie miró de reojo a Holly. La niña imitaba a su tío agitando el mosto en su copa y oliéndolo antes de catarlo. Vio que Mark también se había percatado del gesto y que estaba conteniendo una sonrisa. La escena incluso había logrado que el taciturno Alex sonriera.

—No podemos brindar sólo por mí —protestó Maggie—. Tenemos que brindar por todos.

Mark alzó su copa.

—Por el triunfo de la esperanza sobre la experiencia —dijo, y todos volvieron a brindar.

Maggie lo miró con una sonrisa. Un brindis perfecto, pensó, para lo que se había convertido en un día perfecto.

Después de la cena y de un postre que consistió en tarta y café para los adultos, y tarta y leche para Holly, recogieron los platos y la cocina, y guardaron las sobras en el frigorífico. Sam encendió el televisor, encontró un partido de fútbol y se tumbó en una hamaca. Hasta arriba de comida, Holly se acurrucó en una esquina del sofá y se quedó dormida enseguida. Maggie la arropó con una manta y se sentó junto a Mark en el otro extremo del sofá. *Renfield* se fue a su cama, que estaba en un rincón, y se dejó caer con un gruñido encantado.

Aunque no le gustaba demasiado el fútbol, sí le gustaba el ritual de ver un partido el Día de Acción de Gracias. Le recordaba todas las festividades que había pasado con su padre y sus hermanos, mientras todos vociferaban, chillaban, gemían y protestaban las decisiones arbitrales.

Alex apareció en la puerta.

—Me voy ya —dijo.

—Quédate a ver el partido —replicó Sam.

—Nos hará falta ayuda para acabar con las sobras —añadió Mark.

Alex meneó la cabeza.

—Gracias, pero ya he cumplido con mi cuota familiar. Encantado de conocerte, Maggie.

—Lo mismo digo.

Sam puso los ojos en blanco después de que Alex se fuera.

—Va repartiendo alegría y felicidad por donde pasa.

—Dado que su matrimonio está haciendo aguas —comentó ella—, es normal que esté pasando por una etapa sombría.

El comentario pareció hacerles mucha gracia.

—Cariño, Alex está pasando una etapa sombría desde que tenía dos años —le aseguró Mark.

Al final, se descubrió acurrucada contra Mark. Su cuerpo era duro y cálido, y su hombro era el apoyo perfecto para descansar la cabeza. Vio el partido sin prestarle demasiada atención, ya que la pantalla se convirtió en una amalgama de colores borrosos mientras disfrutaba de la sensación de estar tan cerca de Mark.

—El timbal estaba incluso mejor de lo que había imaginado —le oyó decir.

—Lleva un ingrediente secreto.

—¿Cuál?

—No te lo diré a menos que tú me digas el tuyo.

—Tú primero —insistió él con voz risueña.

—Le añado un poquito de aceite de trufa a la salsa. Ahora dime qué le echas al café.

—Una pizca de azúcar de arce.

Mark le había cogido una mano y le acariciaba los nudillos con el pulgar. La inocente sensualidad de sus caricias le provocó un escalofrío, aunque logró disimularlo. Sentía una mezcla de placer y desesperación, ya que en su fuero interno reconocía que para ser una mujer que había decidido no involucrarse, había tomado un montón de decisiones bastante cuestionables de un tiempo a esa parte.

¿Qué fue lo que dijo Elizabeth? Que el problema llegaba cuando la sensación de estar tonteando desaparecía. Era imposible negar que había traspasado las barreras del tonteo, que lo suyo con Mark trascendía lo superficial. Podría enamorarse de él si se lo permitía. Podría quererlo loca, apasionada y destructivamente.

Mark era la trampa que se prometió evitar a toda costa.

—Tengo que irme —susurró.

—No, quédate. —Mark la miró a la cara y lo que vio en sus ojos hizo que le acariciara la mejilla con el gesto más dulce que podía imaginar—. ¿Qué pasa? —murmuró.

Maggie meneó la cabeza e intento sonreír mientras se apartaba de él. Todos sus músculos se tensaron en protesta al abandonar el consuelo de su cercanía. Se acercó a Holly, que seguía durmiendo plácidamente, y se inclinó para darle un beso.

—¿Te vas? —preguntó Sam, que se levantó de la hamaca.

—No hace falta que te levantes —le dijo, pero Sam se le acercó y le dio un abrazo fraternal.

—Que sepas que si pierdes interés por mi hermano —le dijo Sam con jovialidad—, soy una alternativa interesante.

Maggie soltó una carcajada y meneó la cabeza.

Mark acompañó a Maggie al exterior, embargado por el deseo, el compañerismo y la comprensión, todo ello teñido de cierta frustración. Entendía el conflicto interior de Maggie, seguramente mejor de lo que ella creía. Y era consciente de que debía obligarla, con mucha delicadeza, a hacer algo para lo que ella no se consideraba preparada. Si se tratase de una cuestión de paciencia, le habría concedido todo el tiempo del mundo. Pero la paciencia no bastaría para lograr que Maggie superara sus miedos.

La detuvo en el porche delantero, ya que quería hablar con ella unos minutos antes de quedar expuestos a la fría brisa nocturna.

—¿Mañana vas a estar en la juguetería? —le preguntó.

Maggie asintió con la cabeza sin mirarlo a los ojos.

—Hasta después de Navidad hay mucho ajetreo.

—¿Qué te parece si cenamos una noche esta semana?

La pregunta la instó a mirarlo. Maggie tenía una

expresión tierna en los ojos y en los labios, un rictus triste.

—Mark, yo... —Se detuvo y tragó saliva.

Parecía tan desolada que la abrazó de forma instintiva, pero ella se tensó y colocó sus brazos entre ellos. Mark siguió abrazándola de todas formas. Las volutas de vaho de sus alientos se mezclaban en el aire.

—¿Cómo es que Sam puede abrazarte y yo no? —susurró.

—Es un abrazo diferente —consiguió decir Maggie.

Mark inclinó la cabeza hasta que sus frentes se tocaron.

—Porque me deseas —murmuró.

Maggie no lo negó.

Pasó un buen rato antes de que Maggie moviera los brazos y le rodeara la cintura.

—No soy lo que necesitas —dijo, aunque su voz quedaba amortiguada por el jersey—. Necesitas a alguien que pueda comprometerse contigo y con Holly. Alguien que pueda formar parte de vuestra familia.

—Pues hoy lo has hecho muy bien.

—Te he estado dando señales contradictorias. Lo sé. Y lo siento. —Suspiró antes de continuar con un deje burlón—: Al parecer eres demasiado tentador para mí.

—Pues cede a la tentación —le dijo en voz baja.

Mark la sintió estremecerse por la risa. Pero cuando Maggie lo miró, conteniendo otra carcajada, se percató de que tenía los ojos llenos de lágrimas.

—Por Dios, ni se te ocurra —susurró. Una solitaria lágrima resbaló por su mejilla y él la atrapó con el pulgar—. Si no paras ahora mismo, tendré que hacerte el amor en este porche helado lleno de astillas.

Maggie le enterró la cara en el pecho, inspiró hondo un par de veces y volvió a mirarlo a la cara.

—Seguramente te parezca cobarde —dijo—, pero sé cuáles son mis limitaciones. No sabes lo que pasé mientras veía a mi marido consumirse lentamente durante más de un año. Estuvo a punto de destruirme. No puedo volver a hacerlo. Nunca más. Ésa fue mi única oportunidad.

—Tuviste una oportunidad que se acabó poco después de que comenzara —señaló Mark, invadido por un anhelo impaciente y acicateado por el placer de tenerla entre sus brazos—. Tu matrimonio no tuvo ocasión de despegar. No tuvisteis una hipoteca, un perro, unos niños ni discusiones sobre quién tenía que encargarse de la colada. —Al ver la trémula curva de su labio inferior, fue incapaz de reprimir el impulso de besarla, aunque lo hizo con demasiada impulsividad y rapidez como para disfrutarlo—. Pero es mejor no hablar de eso ahora mismo. Vamos, te acompaño hasta el coche.

Los dos guardaron silencio de camino al coche. Maggie se volvió para mirarlo a la cara y Mark se la tomó entre las manos y la besó de nuevo, aunque en esa ocasión dejó que el beso se alargara hasta que Maggie gimió y empezó a devolvérselo.

Mark levantó la cabeza, le acarició esos rizos rebeldes y le dijo con voz ronca por la emoción:

—Estar sola no te garantiza la seguridad, Maggie. Sólo te garantiza soledad.

Tras ese comentario, Maggie se subió al coche y él le cerró la puerta despacio. Y poco después la vio alejarse por el camino.

13

Maggie descubrió aliviada que su relación con Mark volvió a la normalidad al día siguiente del de Acción de Gracias. Le llevó café a la juguetería y se comportó con tanta serenidad y simpatía que casi habría jurado que no había sucedido nada en su porche.

El lunes, su día libre, Mark le pidió que lo acompañara para comprar la decoración de Navidad, dado que ni Sam ni él tenían un solo adorno. Maggie lo acompañó a varias tiendas de Friday Harbor y le aconsejó comprar guirnaldas de flores frescas para las repisas de las chimeneas y las puertas, una corona de acebo para la entrada, un juego de velas con sus correspondientes candelabros de latón y un póster de Papá Noel de estilo retro. Mark sólo protestó con una pirámide de fruta ornamental de estilo colonial sureño, que sería el centro de mesa.

—Odio la fruta de plástico —dijo.

—¿Por qué? Es bonita. Es lo que usaban en la época victoriana como decoración navideña.

—No me gusta ver algo que parece que se puede comer pero que no es comestible. Preferiría que estuviera hecha con fruta de verdad.

Maggie sonrió exasperada.

—No duraría el tiempo necesario. Y si está hecha de fruta de verdad y te la comes, ¿luego qué?

—Compraría más fruta.

Después de meter toda la compra en su camioneta, Mark consiguió que aceptara su invitación a cenar. Al principio, intentó negarse con la excusa de que se parecía demasiado a una cita, pero él zanjó el asunto con un:

—Será como un almuerzo, sólo que más tarde.

De modo que cedió. Fueron a un restaurante íntimo a unos seis kilómetros de Friday Harbor, donde ocuparon una mesa junto a la chimenea de piedra. A la luz de las velas, comieron unas conchas de peregrino rellenas de paté de pato y queso de cabra, y después un *filet mignon* con cobertura de café.

—Si hubiera sido una cita —le dijo Mark después de la cena—, habría sido la mejor de mi vida.

—Como ejercicio de práctica ha sido estupendo —replicó Maggie con una carcajada—, para cuando salgas en serio con alguien.

Sin embargo, incluso a ella le sonó falso y vacío de contenido.

A lo largo de las semanas previas al día de Navidad, en la isla se sucedieron las actividades festivas: conciertos, celebraciones, concursos para nombrar las mejores iluminaciones y festivales. Lo que más ansiaba Holly era ver el desfile anual de barcos. Patrocinado por el Club de Vela de Friday Harbor y el Club Náutico de la isla de San Juan, consistía en una flotilla de barcos totalmente iluminada que hacía el recorrido de ida y vuelta entre Shipyard Cove y el puerto deportivo. Los dueños de los barcos que no participan en el desfile también engalanaban sus embarcaciones. Cerraría el desfile el Barco de Papá Noel, del que desembarcaría el propio Papá Noel en el muelle de Spring Street. Allí lo recibirían los músicos y desde allí partiría hacia el sanatorio en un camión de bomberos.

—Quiero verlo contigo —le dijo Holly a Maggie, que le prometió reunirse con ellos en el muelle después de cerrar la juguetería.

Sin embargo, el muelle y las zonas colindantes estaban atestados, y los espectadores y los coros de villancicos resultaban ensordecedores. Maggie deambuló entre la multitud, abriéndose paso entre familias con sus hijos, parejas y grupos de amigos. Los barcos iluminados relucían en la oscuridad, arrancando vítores a la multitud. Se le cayó el alma a los pies al darse cuenta de que no podría encontrar a Mark y a Holly con la facilidad que había previsto.

Daría igual, se dijo. Se lo pasarían muy bien sin ella. Al fin y al cabo, no formaba parte de su familia. Si

Holly se llevaba una decepción porque no aparecía, se le olvidaría pronto.

Aunque eso no la ayudó a deshacer el nudo que tenía en la garganta ni la presión que sentía en el pecho. Siguió buscando entre la multitud, de familia en familia.

Le pareció escuchar su nombre en el tumulto. Se detuvo, se volvió y miró bien a su alrededor. A lo lejos, vio a una niña ataviada con un abrigo rosa y un gorro rojo. Era Holly, que estaba junto a Mark y le hacía señas. Con un gemido aliviado, se abrió paso hasta ellos.

—Te has perdido algunos barcos —le dijo Holly al tiempo que se cogía de su mano.

—Lo siento —se disculpó casi sin aliento—. Me ha costado encontraros.

Mark sonrió y le pasó un brazo por los hombros, pegándola a su costado. La miró a la cara cuando se percató de que inspiraba hondo.

—¿Estás bien? —le preguntó.

Maggie sonrió y asintió con la cabeza, aunque estaba al borde del llanto.

«No —pensó—. No estoy bien.»

Tenía la sensación de que había despertado de uno de esos sueños en los que se corría con desesperación en busca de algo o de alguien que nunca se alcanzaba, una de esas pesadillas de las que no se podía escapar. Y en ese momento se encontraba donde más le apetecía estar, con las dos personas con las que más anhelaba estar.

Era una sensación tan maravillosa que la embargó el pánico.

—¿Estás segura de que no quieres un árbol? —le preguntó Mark a Maggie al lunes siguiente, mientras ella lo ayudaba a meter un abeto perfecto en su camioneta.

—No me hace falta —contestó con alegría mientras olía la resina fresca que se le había quedado en los guantes y Mark aseguraba el abeto—. Siempre paso la Navidad en Bellingham.

—¿Cuándo te vas?

—En Nochebuena. —Al percatarse de que Mark fruncía el ceño, añadió—: Antes de irme, dejaré un regalo bajo el árbol para Holly, así podrá abrirlo el día de Navidad.

—Holly preferiría abrirlo contigo delante.

Maggie parpadeó, sin saber muy bien cómo contestar. ¿Le estaba diciendo que quería que pasara la Navidad con él? ¿Tenía pensado invitarla?

—Siempre paso el día de Navidad con mi familia —dijo con cierta inseguridad.

Mark asintió con la cabeza y lo dejó estar. Regresaron a Viñedos Sotavento y juntos consiguieron meter el árbol por la puerta.

En la casa reinaba el silencio, ya que Holly estaba en el colegio. Sam había ido a Seattle para visitar a unos amigos y para hacer algunas compras.

Maggie sonrió al ver la proliferación de copos de nieve de papel que colgaban de las puertas y de los techos.

—Alguien ha estado muy ocupado.

—Holly ha aprendido a hacerlos en clase —dijo Mark—. Ahora se ha convertido en una fábrica unipersonal de hacer copos de nieve.

Mark encendió la chimenea mientras ella abría las cajas de luces para adornar el árbol.

En cuestión de una hora, habían colocado el árbol en su sitio y lo habían adornado con las luces.

—Ahora viene la parte mágica —dijo ella, que se metió en el estrecho hueco que quedaba detrás del árbol para enchufar las luces. El árbol comenzó a brillar y a parpadear.

—No es magia —replicó Mark, pero estaba sonriendo mientras contemplaba el árbol.

—¿Y qué es?

—Un sistema de bombillas minúsculas iluminadas por el movimiento de los electrones a través de un material semiconductor.

—Sí. —Maggie levantó el índice con gesto elocuente mientras se acercaba a él—. Pero ¿qué las hace parpadear?

—La magia —cedió, resignado, con una sonrisa en los labios.

—Exacto. —Lo miró con una expresión satisfecha.

Mark le pasó las manos por el pelo y le sujetó la cabeza mientras la miraba a los ojos.

—Te necesito en mi vida.

Maggie fue incapaz de moverse o de respirar. La declaración era sorprendente por su sinceridad, por su claridad. No podía apartarse, no podía hacer nada salvo mirarlo, hipnotizada por la expresión de esos ojos azules.

—Hace poco tiempo le dije a Holly que el amor es una elección —continuó Mark—. Me equivoqué. El amor no es una elección. La única elección posible es lo que vas a hacer con él.

—Por favor —susurró.

—Comprendo tus miedos. Comprendo por qué es tan duro para ti. Y puedes elegir no arriesgarte. Pero yo te querré de todas formas.

Maggie cerró los ojos.

—Tendrás todo el tiempo del mundo —siguió él—. Puedo esperar hasta que estés preparada. Pero tenía que decirte lo que siento.

Seguía sin poder mirarlo a la cara.

—Nunca estaré preparada para la clase de compromiso que quieres. Si quisieras sexo sin ataduras, no tendría problema. Podría hacerlo. Pero...

—Vale.

Maggie abrió los ojos de par en par.

—¿Cómo que vale?

—Que acepto el sexo sin ataduras.

Lo miró, alucinada.

—¡Acabas de decir que ibas a esperar!

—Y puedo esperar para el compromiso. Pero mientras tanto, me conformo con el sexo.

—¿Te conformas con una relación física que tal vez no llegue a otra cosa?

—Si es tu mejor oferta...

Lo miró por fin y vio la expresión risueña de sus ojos.

—Te estás quedando conmigo —dijo.

—Lo mismo que tú.

—No me crees capaz de hacerlo, ¿verdad?

—Pues no —contestó él en voz baja.

Maggie estaba demasiado confusa como para analizar la maraña que eran sus emociones. Sentía indignación, miedo, alarma e incluso cierta sorna... pero nada de eso era responsable del deseo abrasador y vibrante que le quemaba el cuerpo. La sensación se intensificó en lugares que le provocaron un intenso rubor y que hicieron que fuera muy consciente de la cercanía de Mark. Lo deseaba, en ese preciso instante, con una pasión arrolladora y desaforada.

—¿Cuál es tu dormitorio? —le preguntó, y le extrañó muchísimo que no le temblara la voz.

Experimentó la satisfacción de verlo abrir los ojos de par en par al tiempo que desaparecía la expresión risueña.

Mark la condujo escaleras arriba, mirándola de vez en cuando para asegurarse de que lo seguía. Entraron en su dormitorio, limpio y con pocos muebles, con las paredes pintadas en un color neutro imposible de distinguir a la mortecina luz invernal.

Antes de que el valor la abandonase, Maggie se quitó los zapatos, los vaqueros y el jersey. La frialdad reinante en el dormitorio hizo que se estremeciera, ya que sólo llevaba la ropa interior. Cuando Mark se acercó a ella, levantó la cabeza y se dio cuenta de que él también se había quitado el jersey y la camiseta, dejando al desnudo su musculoso torso. Se movía con elegancia y cierta cautela, como si no quisiera asustarla. Su mirada se posó en su cara con la suavidad de una caricia.

—¡Eres preciosa! —exclamó al tiempo que le acariciaba un hombro con los dedos.

Maggie creyó que pasaba una eternidad hasta que por fin terminó de desnudarla, besando cada centímetro de piel que iba dejando al descubierto.

Cuando por fin estuvo en la cama, desnuda, extendió los brazos hacia él. Mark se quitó los vaqueros y la abrazó con fuerza. Maggie notó que le ardía la piel mientras lo exploraba. Mark la besó, primero con exquisitez y luego con insistencia hasta que se rindió y se entregó a él por completo.

La invadió una oleada de nuevas sensaciones. Las suaves y expertas caricias de sus labios y sus manos despertaron la pasión.

Mark se colocó sobre ella y le apartó el pelo de la cara, húmeda por el sudor.

—¿De verdad creías que iba a ser menos que esto? —le preguntó con ternura.

Maggie lo miró, estremecida hasta lo más hondo de su alma. Porque para ellos no podía haber nada que no fuera amor, nada que no fuera la eternidad. La verdad latía en sus desbocados corazones, en el palpitante deseo que compartían. Ya no podía seguir negándolo.

—Hazme el amor —susurró, porque lo necesitaba, porque deseaba ser suya.

—Siempre. Maggie, amor mío...

Mark se hundió en ella con un movimiento certero que la llenó por entero. Notaba la fuerza de su presencia rodeándola, poseyéndola. El placer la abrumó en oleadas cada vez más intensas y más exquisitas hasta que gritó al alcanzar el clímax. Se aferró a su espalda, y notó cómo se le contraían los músculos bajo la piel sudorosa. Mark no tardó en alcanzar el clímax en el dulce puerto de sus brazos.

Después siguieron acurrucados el uno junto al otro, sumidos en un silencio trascendental.

Habría más preguntas que formular, más respuestas que descubrir. Pero eso podía esperar de momento, pensó Maggie, saturada por la novedad, por las posibilidades. Y por la esperanza.

14

Nochebuena

Tuvieron que apartar algunos de los regalos colocados debajo del árbol de Navidad para que Alex y Sam montaran el tren eléctrico que circularía alrededor. Holly estaba eufórica y chillaba de alegría mientras corría detrás del tren, vestida con su pijama rojo de franela. *Renfield* se acercó con recelo y lo observó todo sin fiarse demasiado.

Habían acordado que Holly podía abrir un solo regalo esa noche y que dejaría el resto para la mañana de Navidad. Como era de esperar, había elegido la caja más grande, que resultó ser la del tren.

En otra caja estaba la casita de hadas que Maggie había empezado a hacerle, junto con los tubos de pintura, las bolsitas que contenían el musgo y las flores secas, el tubito de cola con purpurina y el resto de los materiales que Holly necesitaría para decorarla.

Mark se había sentado en el sofá al lado de Maggie, que estaba enderezando un montón de cuentos navideños que habían estado leyendo.

—Es tarde —murmuró ella—. Debería irme pronto.

Al ver que Mark se inclinaba para hablarle al oído, sintió un agradable escalofrío.

—Quédate esta noche conmigo.

Maggie sonrió.

—¿No teníais una regla que prohibía traer invitadas a dormir? —le preguntó en voz baja.

—Sí, pero hay una excepción: puedo invitar a una mujer a dormir si luego me voy a casar con ella.

Maggie le lanzó una mirada de reproche.

—Nolan, me estás presionando.

—¿Ah, sí? En ese caso, seguro que no te gusta uno de los regalos que pienso darte mañana por la mañana.

Maggie notó que le daba un vuelco el corazón.

—¡Ay, Dios! —Escondió la cara entre las manos—. Por favor, que no sea lo que creo que es... —Separó los dedos para mirarlo.

Mark le sonrió.

—Tengo motivos para sentirme esperanzado. Últimamente, te cuesta mucho decirme que no.

Cosa que era más o menos cierta. Maggie bajó las manos y lo miró. A ese hombre tan guapo y tan sexy que había cambiado su vida en tan poco tiempo. Sintió una oleada de felicidad tan intensa que apenas pudo respirar.

—Eso es porque te quiero —confesó.

Mark la abrazó, inclinó la cabeza y le dio un beso dulce en los labios.

—¡Uf! —exclamó Holly—. ¡Se están besando otra vez!

—Sólo podemos hacer una cosa —le dijo Sam—. Irnos arriba para no verlos.

—¿Ya es hora de irme a la cama?

—Hace media hora que pasó tu hora de irte a la cama.

Holly abrió los ojos de par en par.

—Papá Noel vendrá enseguida. Tenemos que dejar preparadas la leche y las galletas.

—Que no se te olviden las zanahorias para los renos —le recordó Maggie mientras se apartaba de Mark y se levantaba para acompañar a la niña a la cocina.

—¿Crees que Papá Noel se asustará cuando vea a *Renfield*? —le preguntó Holly, y su voz llegó hasta el salón.

—¿Con todos los perros que ha visto? Qué va...

Alex se incorporó y estiró la espalda.

—Me piro. Yo también me voy a la cama.

—Vendrás mañana por la mañana, ¿no? —le preguntó Sam.

—¿Maggie hará el desayuno?

—Al menos, supervisará el proceso.

—Entonces sí. —Alex se detuvo al llegar a la puerta y volvió la cabeza para mirarlos—. Me gusta esto

—dijo con un deje reflexivo, sorprendiéndolos—. Tiene un aire... muy familiar. —Se detuvo un momento para despedirse de Maggie y de Holly, y se marchó.

—Creo que mejorará poco a poco —comentó Sam—. Sobre todo cuando acabe lo del divorcio.

Mark esbozó una sonrisa torcida.

—Creo que todos mejoraremos.

Holly volvió al salón y dejó sobre la mesita del sofá un plato con galletas y un vaso de leche.

—*Renfield*, no vayas a comértelas, ¿eh?

El bulldog meneó el trasero con alegría.

—Vamos, bichito —le dijo Sam a Holly—. Te acompaño a la cama.

La niña miró a Mark y a Maggie.

—¿Subirás a darme un beso de buenas noches?

—Dentro de un momento —le prometió Maggie—. Vamos a recoger todo esto y a dejar algunas cosas preparadas para mañana. —Observó con ternura a Holly mientras la niña subía las escaleras.

Cuando Mark fue a desconectar el tren, Maggie se acercó al plato de galletas y se sacó un trozo de papel del bolsillo.

—¿Qué es eso? —le preguntó Mark cuando regresó a su lado.

—Una nota que Holly me ha dado para que la deje con las galletas. —Se la enseñó—. ¿Sabes a qué se refiere?

Querido Papá Noel:
gracias por hacer realidad mi deseo.
te quiere

HOLLY

Mark dejó la nota en la mesa para abrazar a Maggie.

—Sí —dijo, mirando esos ojos castaños—. Sé a lo que se refiere.

Y mientras inclinaba la cabeza para besarla, Mark Nolan por fin creyó en la magia.